Albert Camus

Les Justes

PIÈCE
EN CINQ ACTES

Gallimard

En février 1905, à Moscou, un groupe de terroristes, appartenant au parti socialiste révolutionnaire, organisait un attentat à la bombe contre le grand-duc Serge, oncle du tsar. Cet attentat et les circonstances singulières qui l'ont précédé et suivi font le sujet des Justes. Si extraordinaires que puissent paraître, en effet, certaines des situations de cette pièce, elles sont pourtant historiques. Ceci ne veut pas dire, on le verra d'ailleurs, que Les Justes soient une pièce historique. Mais tous les personnages ont réellement existé et se sont conduits comme je le dis. J'ai seulement tâché à rendre vraisemblable ce qui était déjà vrai.

J'ai même gardé au héros des Justes, Kaliayev, le nom qu'il a réellement porté. Je ne l'ai pas fait par paresse d'imagination, mais par respect et admiration pour des hommes et des femmes qui, dans la plus impitoyable des tâches, n'ont pas pu guérir de leur cœur. On a fait des progrès depuis, il est vrai, et la haine qui pesait sur ces âmes exceptionnelles comme une intolérable souffrance est devenue un système confortable. Raison de plus pour évoquer ces grandes ombres, leur juste révolte, leur fraternité difficile, les efforts démesurés qu'elles firent pour se mettre en accord avec le meurtre — et pour dire ainsi où est notre fidélité.

Albert Camus

Albert Camus est né en 1913 en Algérie de parents modestes d'origine alsacienne et espagnole. Son père est tué à la bataille de la Marne. Boursier au lycée d'Alger, il fait une licence de philosophie et présente son diplôme d'études supérieures sur les rapports de l'hellénisme et du christianisme à travers Plotin et saint Augustin. La maladie et la nécessité de gagner sa vie le détournent de l'agrégation. Il s'oriente vers le journalisme après avoir publié deux essais, *L'Envers et l'endroit* (1937) et *Noces* (1938).

Pendant la guerre il participe à la résistance dans le groupe de Combat qui publie un journal clandestin. En 1942 il fait paraître un roman, *L'Étranger*, dont il dégage la signification philosophique dans un essai, *Le Mythe de Sisyphe* (1942). A la libération il devient éditorialiste et rédacteur en chef de *Combat*; la même année sont représentées deux pièces, *Caligula* et *Le Malentendu*.

Il part en 1946 faire une tournée de conférences aux États-Unis. Après l'éclatant succès de *La Peste* (1947) il abandonne le journalisme pour se consacrer à son œuvre littéraire : romans, nouvelles, essais, pièces de théâtre. Il adapte des œuvres de Faulkner, Calderón, Lope de Vega, Dostoïevski.

Le prix Nobel de littérature, qui lui est décerné en 1957, couronne une œuvre tout entière tournée vers la condition de l'homme et qui, partant de l'absurde, trouve une issue dans la révolte.

Le 4 janvier 1960, Albert Camus, âgé de quarante-six ans, trouve la mort dans un accident de voiture.

O love! O life! Not life but love in death

ROMÉO ET JULIETTE
Acte IV, scène 5.

Les Justes *ont été représentés pour la première fois le 15 décembre 1949, sur la scène du Théâtre-Hébertot (direction Jacques Hébertot), dans la mise en scène de Paul Œtly, le décor et les costumes étant de De Rosnay.*

DISTRIBUTION

DORA DOULEBOV	Maria Casarès
LA GRANDE-DUCHESSE	Michèle Lahaye
IVAN KALIAYEV	Serge Reggiani
STEPAN FEDOROV	Michel Bouquet
BORIS ANNENKOV	Yves Brainville
ALEXIS VOINOV	Jean Pommier
SKOURATOV	Paul Œtly
FOKA	Moncorbier
LE GARDIEN	Louis Perdoux

ACTE PREMIER

L'appartement des terroristes. Le matin.

Le rideau se lève dans le silence. Dora et Annen-
kov sont sur la scène, immobiles. On entend le timbre
de l'entrée, une fois. Annenkov fait un geste pour
arrêter Dora qui semble vouloir parler. Le timbre
retentit deux fois, coup sur coup.

C'est lui.

Il sort. Dora attend, toujours immobile.
Annenkov revient avec Stepan qu'il tient par
les épaules.

C'est lui! Voilà Stepan.

DORA, *elle va vers Stepan*
et lui prend la main.

Quel bonheur, Stepan!

STEPAN

Bonjour, Dora.

DORA, *elle le regarde.*

Trois ans, déjà.

STEPAN

Oui, trois ans. Le jour où ils m'ont arrêté,
j'allais vous rejoindre.

DORA

Nous t'attendions. Le temps passait et mon
cœur se serrait de plus en plus. Nous n'osions
plus nous regarder.

ANNENKOV

Il a fallu changer d'appartement, une fois de
plus.

STEPAN

Je sais.

DORA

Et là-bas, Stepan?

STEPAN

Là-bas?

DORA

Le bagne?

STEPAN

On s'en évade.

ANNENKOV

Oui. Nous étions contents quand nous avons appris que tu avais pu gagner la Suisse.

STEPAN

La Suisse est un autre bagne, Boria.

ANNENKOV

Que dis-tu? Ils sont libres, au moins.

STEPAN

La liberté est un bagne aussi longtemps qu'un seul homme est asservi sur la terre. J'étais libre et je ne cessais de penser à la Russie et à ses esclaves.

Silence.

ANNENKOV

Je suis heureux, Stepan, que le parti t'ait envoyé ici.

STEPAN

Il le fallait. J'étouffais. Agir, agir enfin...

Il regarde Annenkov.

Nous le tuerons, n'est-ce pas?

ANNENKOV

J'en suis sûr.

STEPAN

Nous tuerons ce bourreau. Tu es le chef, Boria, et je t'obéirai.

ANNENKOV

Je n'ai pas besoin de ta promesse, Stepan. Nous sommes tous frères.

STEPAN

Il faut une discipline. J'ai compris cela au bagne. Le parti socialiste révolutionnaire a besoin d'une discipline. Disciplinés, nous tuerons le grand-duc et nous abattrons la tyrannie.

DORA, *allant vers lui.*

Assieds-toi, Stepan. Tu dois être fatigué, après ce long voyage.

STEPAN

Je ne suis jamais fatigué.

> *Silence. Dora va s'asseoir.*

STEPAN

Tout est-il prêt, Boria ?

ANNENKOV, *changeant de ton.*

Depuis un mois, deux des nôtres étudient les déplacements du grand-duc. Dora a réuni le matériel nécessaire.

STEPAN

La proclamation est-elle rédigée ?

ANNENKOV

Oui. Toute la Russie saura que le grand-duc Serge a été exécuté à la bombe par le groupe de combat du parti socialiste révolutionnaire pour hâter la libération du peuple russe. La cour impériale apprendra aussi que nous sommes décidés à exercer la terreur jusqu'à ce que la terre soit rendue au peuple. Oui, Stepan, oui, tout est prêt ! Le moment approche.

STEPAN

Que dois-je faire ?

ANNENKOV

Pour commencer, tu aideras Dora. Schweitzer, que tu remplaces, travaillait avec elle.

STEPAN

Il a été tué?

ANNENKOV

Oui.

STEPAN

Comment?

DORA

Un accident.

> *Stepan regarde Dora. Dora détourne les
> yeux.*

STEPAN

Ensuite?

ANNENKOV

Ensuite, nous verrons. Tu dois être prêt à
nous remplacer, le cas échéant, et maintenir la
liaison avec le Comité Central.

STEPAN

Qui sont nos camarades?

ANNENKOV

Tu as rencontré Voinov en Suisse. J'ai confiance en lui, malgré sa jeunesse. Tu ne connais pas Yanek.

STEPAN

Yanek ?

ANNENKOV

Kaliayev. Nous l'appelons aussi le Poète.

STEPAN

Ce n'est pas un nom pour un terroriste.

ANNENKOV, *riant.*

Yanek pense le contraire. Il dit que la poésie est révolutionnaire.

STEPAN

La bombe seule est révolutionnaire. (*Silence.*) Dora, crois-tu que je saurai t'aider ?

DORA

Oui. Il faut seulement prendre garde à ne pas briser le tube.

STEPAN

Et s'il se brise ?

DORA

C'est ainsi que Schweitzer est mort. (*Un temps.*)
Pourquoi souris-tu, Stepan ?

STEPAN

Je souris ?

DORA

Oui.

STEPAN

Cela m'arrive quelquefois. (*Un temps. Stepan
semble réfléchir.*) Dora, une seule bombe suffi-
rait-elle à faire sauter cette maison ?

DORA

Une seule, non. Mais elle l'endommagerait.

STEPAN

Combien en faudrait-il pour faire sauter Moscou ?

ANNENKOV

Tu es fou ! Que veux-tu dire ?

STEPAN

Rien.

On sonne une fois. Ils écoutent et atten-

*dent. On sonne deux fois. Annenkov passe
dans l'antichambre et revient avec Voinov.*

VOINOV

Stepan!

STEPAN

Bonjour.

*Ils se serrent la main. Voinov va vers Dora
et l'embrasse.*

ANNENKOV

Tout s'est bien passé, Alexis?

VOINOV

Oui.

ANNENKOV

As-tu étudié le parcours du palais au théâtre?

VOINOV

Je puis maintenant le dessiner. Regarde. (*Il
dessine.*) Des tournants, des voies rétrécies, des
encombrements... la voiture passera sous nos
fenêtres.

ANNENKOV

Que signifient ces deux croix?

VOINOV

Une petite place où les chevaux ralentiront et le théâtre où ils s'arrêteront. A mon avis, ce sont les meilleurs endroits.

ANNENKOV

Donne!

STEPAN

Les mouchards ?

VOINOV, *hésitant.*

Il y en a beaucoup.

STEPAN

Ils t'impressionnent ?

VOINOV

Je ne suis pas à l'aise.

ANNENKOV

Personne n'est à l'aise devant eux. Ne te trouble pas.

VOINOV

Je ne crains rien. Je ne m'habitue pas à mentir, voilà tout.

STEPAN

Tout le monde ment. Bien mentir, voilà ce qu'il faut.

VOINOV

Ce n'est pas facile. Lorsque j'étais étudiant, mes camarades se moquaient de moi parce que je ne savais pas dissimuler. Je disais ce que je pensais. Finalement, on m'a renvoyé de l'Université.

STEPAN

Pourquoi ?

VOINOV

Au cours d'histoire, le professeur m'a demandé comment Pierre le Grand avait édifié Saint-Pétersbourg.

STEPAN

Bonne question.

VOINOV

Avec le sang et le fouet, ai-je répondu. J'ai été chassé.

STEPAN

Ensuite...

VOINOV

J'ai compris qu'il ne suffisait pas de dénoncer l'injustice. Il fallait donner sa vie pour la combattre. Maintenant, je suis heureux.

STEPAN

Et pourtant, tu mens?

VOINOV

Je mens. Mais je ne mentirai plus le jour où je lancerai la bombe.

On sonne. Deux coups, puis un seul. Dora s'élance.

ANNENKOV

C'est Yanek.

STEPAN

Ce n'est pas le même signal.

ANNENKOV

Yanek s'est amusé à le changer. Il a son signal personnel.

Stepan hausse les épaules. On entend Dora parler dans l'antichambre. Entrent Dora et Kaliayev, se tenant par le bras, Kaliayev rit.

DORA

Yanek. Voici Stepan qui remplace Schweitzer.

KALIAYEV

Sois le bienvenu, frère.

STEPAN

Merci.

> *Dora et Kaliayev vont s'asseoir, face aux autres.*

ANNENKOV

Yanek, es-tu sûr de reconnaître la calèche?

KALIAYEV

Oui, je l'ai vue deux fois, à loisir. Qu'elle paraisse à l'horizon et je la reconnaîtrai entre mille! J'ai noté tous les détails. Par exemple, un des verres de la lanterne gauche est ébréché.

VOINOV

Et les mouchards?

KALIAYEV

Des nuées. Mais nous sommes de vieux amis. Ils m'achètent des cigarettes. (*Il rit.*)

ANNENKOV

Pavel a-t-il confirmé le renseignement?

KALIAYEV

Le grand-duc ira cette semaine au théâtre. Dans un moment, Pavel connaîtra le jour exact et remettra un message au portier. (*Il se tourne vers Dora et rit.*) Nous avons de la chance, Dora.

DORA, *le regardant.*

Tu n'es plus colporteur? Te voilà grand seigneur à présent. Que tu es beau. Tu ne regrettes pas ta touloupe?

KALIAYEV, *il rit.*

C'est vrai, j'en étais très fier. (*A Stepan et Annenkov.*) J'ai passé deux mois à observer les colporteurs, plus d'un mois à m'exercer dans ma petite chambre. Mes collègues n'ont jamais eu de soupçons. « Un fameux gaillard, disaient-ils. Il vendrait même les chevaux du tsar. » Et ils essayaient de m'imiter à leur tour.

DORA

Naturellement, tu riais.

KALIAYEV

Tu sais bien que je ne peux m'en empêcher. Ce déguisement, cette nouvelle vie... Tout m'amusait.

DORA

Moi, je n'aime pas les déguisements. (*Elle montre sa robe.*) Et puis, cette défroque luxueuse! Boria aurait pu me trouver autre chose. Une actrice! Mon cœur est simple.

KALIAYEV, *il rit.*

Tu es si jolie, avec cette robe.

DORA

Jolie! Je serais contente de l'être. Mais il ne faut pas y penser.

KALIAYEV

Pourquoi? Tes yeux sont toujours tristes, Dora. Il faut être gaie, il faut être fière. La beauté existe, la joie existe! « Aux lieux tranquilles où mon cœur te souhaitait...

DORA, *souriant.*

Je respirais un éternel été... »

KALIAYEV

Oh! Dora, tu te souviens de ces vers. Tu souris? Comme je suis heureux...

STEPAN, *le coupant.*

Nous perdons notre temps. Boria, je suppose qu'il faut prévenir le portier?

Kaliayev le regarde avec étonnement.

ANNENKOV

Oui. Dora, veux-tu descendre ? N'oublie pas le pourboire. Voinov t'aidera ensuite à rassembler le matériel dans la chambre.

Ils sortent chacun d'un côté. Stepan marche vers Annenkov d'un pas décidé.

STEPAN

Je veux lancer la bombe.

ANNENKOV

Non, Stepan. Les lanceurs ont déjà été désignés.

STEPAN

Je t'en prie. Tu sais ce que cela signifie pour moi.

ANNENKOV

Non. La règle est la règle. (*Un silence.*) Je ne la lance pas, moi, et je vais attendre ici. La règle est dure.

STEPAN

Qui lancera la première bombe ?

KALIAYEV

Moi. Voinov lance la deuxième.

STEPAN

Toi ?

KALIAYEV

Cela te surprend ? Tu n'as donc pas confiance en moi !

STEPAN

Il faut de l'expérience.

KALIAYEV

De l'expérience ? Tu sais très bien qu'on ne la lance jamais qu'une fois et qu'ensuite... Personne ne l'a jamais lancée deux fois.

STEPAN

Il faut une main ferme.

KALIAYEV, *montrant sa main.*

Regarde. Crois-tu qu'elle tremblera ?

Stepan se détourne.

KALIAYEV

Elle ne tremblera pas. Quoi ! J'aurais le tyran devant moi et j'hésiterais ? Comment peux-tu

le croire ? Et si même mon bras tremblait, je
sais un moyen de tuer le grand-duc à coup
sûr.

ANNENKOV

Lequel ?

KALIAYEV

Se jeter sous les pieds des chevaux.

*Stepan hausse les épaules et va s'asseoir
au fond.*

ANNENKOV

Non, cela n'est pas nécessaire. Il faudra essayer
de fuir. L'organisation a besoin de toi, tu dois
te préserver.

KALIAYEV

J'obéirai, Boria ! Quel honneur, quel honneur
pour moi ! Oh ! j'en serai digne.

ANNENKOV

Stepan, tu seras dans la rue, pendant que
Yanek et Alexis guetteront la calèche. Tu passe-
ras régulièrement devant nos fenêtres et nous
conviendrons d'un signal. Dora et moi attendrons
ici le moment de lancer la proclamation. Si nous
avons un peu de chance, le grand-duc sera abattu.

KALIAKEV, *dans l'exaltation.*

Oui, je l'abattrai! Quel bonheur si c'est un succès! Le grand-duc, ce n'est rien. Il faut frapper plus haut!

ANNENKOV

D'abord le grand-duc.

KALIAYEV

Et si c'est un échec, Boria? Vois-tu, il faudrait imiter les Japonais.

ANNENKOV

Que veux-tu dire?

KALIAYEV

Pendant la guerre, les Japonais ne se rendaient pas. Ils se suicidaient.

ANNENKOV

Non. Ne pense pas au suicide.

KALIAYEV

A quoi donc?

ANNENKOV

A la terreur, de nouveau.

STEPAN, *parlant au fond.*

Pour se suicider, il faut beaucoup s'aimer. Un vrai révolutionnaire ne peut pas s'aimer.

KALIAYEV, *se retournant vivement.*

Un vrai révolutionnaire ? Pourquoi me traites-tu ainsi ? Que t'ai-je fait ?

STEPAN

Je n'aime pas ceux qui entrent dans la révolution parce qu'ils s'ennuient.

ANNENKOV

Stepan !

STEPAN, *se levant et descendant vers eux.*

Oui, je suis brutal. Mais pour moi, la haine n'est pas un jeu. Nous ne sommes pas là pour nous admirer. Nous sommes là pour réussir.

KALIAYEV, *doucement.*

Pourquoi m'offenses-tu ? Qui t'a dit que je m'ennuyais ?

STEPAN

Je ne sais pas. Tu changes les signaux, tu aimes à jouer le rôle de colporteur, tu dis des vers, tu veux te lancer sous les pieds des chevaux, et maintenant, le suicide... (*Il le regarde.*) Je n'ai pas confiance en toi.

KALIAYEV, *se dominant.*

Tu ne me connais pas, frère. J'aime la vie. Je ne m'ennuie pas. Je suis entré dans la révolution parce que j'aime la vie.

STEPAN

Je n'aime pas la vie, mais la justice qui est au-dessus de la vie.

KALIAYEV, *avec un effort visible.*

Chacun sert la justice comme il peut. Il faut accepter que nous soyons différents. Il faut nous aimer, si nous le pouvons.

STEPAN

Nous ne le pouvons pas.

KALIAYEV, *éclatant.*

Que fais-tu donc parmi nous?

STEPAN

Je suis venu pour tuer un homme, non pour l'aimer ni pour saluer sa différence.

KALIAYEV, *violemment.*

Tu ne le tueras pas seul ni au nom de rien.

Tu le tueras avec nous et au nom du peuple russe. Voilà ta justification.

STEPAN, *même jeu.*

Je n'en ai pas besoin. J'ai été justifié en une nuit, et pour toujours, il y a trois ans, au bagne. Et je ne supporterai pas...

ANNENKOV

Assez! Êtes-vous donc fous? Vous souvenez-vous de qui nous sommes? Des frères, confondus les uns aux autres, tournés vers l'exécution des tyrans, pour la libération du pays! Nous tuons ensemble, et rien ne peut nous séparer. (*Silence. Il les regarde.*) Viens, Stepan, nous devons convenir des signaux...

Stepan sort.

ANNENKOV, *à Kaliayev.*

Ce n'est rien. Stepan a souffert. Je lui parlerai.

KALIAYEV, *très pâle.*

Il m'a offensé, Boria.

Entre Dora.

DORA, *apercevant Kaliayev.*

Qu'y a-t-il?

ANNENKOV

Rien.

Il sort.

DORA, *à Kaliayev.*

Qu'y a-t-il?

KALIAYEV

Nous nous sommes heurtés, déjà. Il ne m'aime pas.

Dora va s'asseoir, en silence. Un temps.

DORA

Je crois qu'il n'aime personne. Quand tout sera fini, il sera plus heureux. Ne sois pas triste.

KALIAYEV

Je suis triste. J'ai besoin d'être aimé de vous tous. J'ai tout quitté pour l'Organisation. Comment supporter que mes frères se détournent de moi? Quelquefois, j'ai l'impression qu'ils ne me comprennent pas. Est-ce ma faute? Je suis maladroit, je le sais...

DORA

Ils t'aiment et te comprennent. Stepan est différent.

KALIAYEV

Non. Je sais ce qu'il pense. Schweitzer le disait déjà : « Trop extraordinaire pour être révolutionnaire. » Je voudrais leur expliquer que je ne suis pas extraordinaire. Ils me trouvent un peu fou, trop spontané. Pourtant, je crois comme eux à l'idée. Comme eux, je veux me sacrifier. Moi aussi, je puis être adroit, taciturne, dissimulé, efficace. Seulement, la vie continue de me paraître merveilleuse. J'aime la beauté, le bonheur ! C'est pour cela que je hais le despotisme. Comment leur expliquer ? La révolution, bien sûr ! Mais la révolution pour la vie, pour donner une chance à la vie, tu comprends ?

DORA, *avec élan.*

Oui... (*Plus bas, après un silence.*) Et pourtant, nous allons donner la mort.

KALIAYEV

Qui, nous ? Ah, tu veux dire... Ce n'est pas la même chose. Oh non ! ce n'est pas la même chose. Et puis, nous tuons pour bâtir un monde où plus jamais personne ne tuera ! Nous acceptons d'être criminels pour que la terre se couvre enfin d'innocents.

DORA

Et si cela n'était pas ?

KALIAYEV

Tais-toi, tu sais bien que c'est impossible. Stepan aurait raison alors. Et il faudrait cracher à la figure de la beauté.

DORA

Je suis plus vieille que toi dans l'Organisation. Je sais que rien n'est simple. Mais tu as la foi... Nous avons tous besoin de foi.

KALIAYEV

La foi ? Non. Un seul l'avait.

DORA

Tu as la force de l'âme. Et tu écarteras tout pour aller jusqu'au bout. Pourquoi as-tu demandé à lancer la première bombe ?

KALIAYEV

Peut-on parler de l'action terroriste sans y prendre part ?

DORA

Non.

KALIAYEV

Il faut être au premier rang.

DORA, *qui semble réfléchir.*

Oui. Il y a le premier rang et il y a le dernier moment. Nous devons y penser. Là est le courage, l'exaltation dont nous avons besoin... dont tu as besoin.

KALIAYEV

Depuis un an, je ne pense à rien d'autre. C'est pour ce moment que j'ai vécu jusqu'ici. Et je sais maintenant que je voudrais périr sur place, à côté du grand-duc. Perdre mon sang jusqu'à la dernière goutte, ou bien brûler d'un seul coup, dans la flamme de l'explosion, et ne rien laisser derrière moi. Comprends-tu pourquoi j'ai demandé à lancer la bombe ? Mourir pour l'idée, c'est la seule façon d'être à la hauteur de l'idée. C'est la justification.

DORA

Moi aussi, je désire cette mort-là.

KALIAYEV

Oui, c'est un bonheur qu'on peut envier. La nuit, je me retourne parfois sur ma paillasse de colporteur. Une pensée me tourmente : ils ont fait de nous des assassins. Mais je pense en même temps que je vais mourir, et alors mon cœur s'apaise. Je souris, vois-tu, et je me rendors comme un enfant.

DORA

C'est bien ainsi, Yanek. Tuer et mourir. Mais,
à mon avis, il est un bonheur encore plus grànd.
(*Un temps. Kaliayev la regarde. Elle baisse les
yeux.*) L'échafaud.

KALIAYEV, *avec fièvre.*

J'y ai pensé. Mourir au moment de l'attentat
laisse quelque chose d'inachevé. Entre l'attentat
et l'échafaud, au contraire, il y a toute une éter-
nité, la seule peut-être, pour l'homme.

DORA, *d'une voix pressante,
lui prenant les mains.*

C'est la pensée qui doit t'aider. Nous payons
plus que nous ne devons.

KALIAYEV

Que veux-tu dire ?

DORA

Nous sommes obligés de tuer, n'est-ce pas ?
Nous sacrifions délibérément une vie et une seule ?

KALIAYEV

Oui.

DORA

Mais aller vers l'attentat et puis vers l'échafaud, c'est donner deux fois sa vie. Nous payons plus que nous ne devons.

KALIAYEV

Oui, c'est mourir deux fois. Merci, Dora. Personne ne peut rien nous reprocher. Maintenant, je suis sûr de moi.

Silence.

Qu'as-tu, Dora ? Tu ne dis rien ?

DORA

Je voudrais encore t'aider. Seulement...

KALIAYEV

Seulement ?

DORA

Non, je suis folle.

KALIAYEV

Tu te méfies de moi ?

DORA

Oh non, mon chéri, je me méfie de moi. Depuis la mort de Schweitzer, j'ai parfois de singulières idées. Et puis, ce n'est pas à moi de te dire ce qui sera difficile.

KALIAYEV

J'aime ce qui est difficile. Si tu m'estimes, parle.

DORA, *le regardant.*

Je sais. Tu es courageux. C'est cela qui m'inquiète. Tu ris, tu t'exaltes, tu marches au sacrifice, plein de ferveur. Mais dans quelques heures, il faudra sortir de ce rêve, et agir. Peut-être vaut-il mieux en parler à l'avance... pour éviter une surprise, une défaillance...

KALIAYEV

Je n'aurai pas de défaillance. Dis ce que tu penses.

DORA

Eh bien, l'attentat, l'échafaud, mourir deux fois, c'est le plus facile. Ton cœur y suffira. Mais le premier rang... (*Elle se tait, le regarde et semble hésiter.*) Au premier rang, tu vas le voir...

KALIAYEV

Qui ?

DORA

Le grand-duc.

KALIAYEV

Une seconde, à peine.

DORA

Une seconde où tu le regarderas! Oh! Yanek, il faut que tu saches, il faut que tu sois prévenu! Un homme est un homme. Le grand-duc a peut-être des yeux compatissants. Tu le verras se gratter l'oreille ou sourire joyeusement. Qui sait, il portera peut-être une petite coupure de rasoir. Et s'il te regarde à ce moment-là...

KALIAYEV

Ce n'est pas lui que je tue. Je tue le despotisme.

DORA

Bien sûr, bien sûr. Il faut tuer le despotisme. Je préparerai la bombe et en scellant le tube, tu sais, au moment le plus difficile, quand les nerfs se tendent, j'aurai cependant un étrange bonheur dans le cœur. Mais je ne connais pas le grand-duc et ce serait moins facile si, pendant ce temps, il était assis devant moi. Toi, tu vas le voir de près. De très près...

KALIAYEV, *avec violence.*

Je ne le verrai pas.

DORA

Pourquoi? Fermeras-tu les yeux?

KALIAYEV

Non. Mais Dieu aidant, la haine me viendra au bon moment, et m'aveuglera.

On sonne. Un seul coup. Ils s'immobilisent. Entrent Stepan et Voinov.
Voix dans l'antichambre. Entre Annenkov.

ANNENKOV

C'est le portier. Le grand-duc ira au théâtre demain. (*Il les regarde.*) Il faut que tout soit prêt, Dora.

DORA, *d'une voix sourde.*

Oui. (*Elle sort lentement.*)

KALIAYEV, *la regarde sortir et d'une voix douce, se tournant vers Stepan.*

Je le tuerai. Avec joie!

RIDEAU

ACTE DEUXIÈME

Le lendemain soir. Même lieu.

Annenkov est à la fenêtre. Dora près de la table.

ANNENKOV

Ils sont en place. Stepan a allumé sa cigarette.

DORA

A quelle heure le grand-duc doit-il passer?

ANNENKOV

D'un moment à l'autre. Écoute. N'est-ce pas une calèche? Non.

DORA

Assieds-toi. Sois patient.

ANNENKOV

Et les bombes?

DORA

Assieds-toi. Nous ne pouvons plus rien faire.

ANNENKOV

Si. Les envier.

DORA

Ta place est ici. Tu es le chef.

ANNENKOV

Je suis le chef. Mais Yanek vaut mieux que moi et c'est lui qui, peut-être...

DORA

Le risque est le même pour tous. Celui qui lance et celui qui ne lance pas.

ANNENKOV

Le risque est finalement le même. Mais pour le moment, Yanek et Alexis sont sur la ligne de feu. Je sais que je ne dois pas être avec eux. Quelquefois, pourtant, j'ai peur de consentir trop facilement à mon rôle. C'est commode, après tout, d'être forcé de ne pas lancer la bombe.

DORA

Et quand cela serait ? L'essentiel est que tu fasses ce qu'il faut, et jusqu'au bout.

ANNENKOV

Comme tu es calme!

DORA

Je ne suis pas calme ; j'ai peur. Voilà trois
ans que je suis avec vous, deux ans que je fabrique
les bombes. J'ai tout exécuté et je crois que je
n'ai rien oublié.

ANNENKOV

Bien sûr, Dora.

DORA

Eh bien, voilà trois ans que j'ai peur, de cette
peur qui vous quitte à peine avec le sommeil,
et qu'on retrouve toute fraîche au matin. Alors
il a fallu que je m'habitue. J'ai appris à être calme
au moment où j'ai le plus peur. Il n'y a pas de
quoi être fière.

ANNENKOV

Sois fière, au contraire. Moi, je n'ai rien dominé.
Sais-tu que je regrette les jours d'autrefois, la vie
brillante, les femmes... Oui, j'aimais les femmes,
le vin, ces nuits qui n'en finissaient pas.

DORA

Je m'en doutais, Boria. C'est pourquoi je
t'aime tant. Ton cœur n'est pas mort. Même

s'il désire encore le plaisir, cela vaut mieux que cet affreux silence qui s'installe, parfois, à la place même du cri.

ANNENKOV

Que dis-tu là ? Toi ? Ce n'est pas possible ?

DORA

Écoute.

Dora se dresse brusquement. Un bruit de calèche, puis le silence.

DORA

Non. Ce n'est pas lui. Mon cœur bat. Tu vois, je n'ai encore rien appris.

ANNENKOV, *il va à la fenêtre.*

Attention. Stepan fait un signe. C'est lui.

On entend en effet un roulement lointain de calèche, qui se rapproche de plus en plus, passe sous les fenêtres et commence à s'éloigner. Long silence.

ANNENKOV

Dans quelques secondes...

Ils écoutent.

ANNENKOV

Comme c'est long.

Dora fait un geste. Long silence.
On entend des cloches, au loin.

ANNENKOV

Ce n'est pas possible. Yanek aurait déjà lancé
sa bombe... la calèche doit être arrivée au théâtre.
Et Alexis ? Regarde ! Stepan revient sur ses pas
et court vers le théâtre.

DORA, *se jetant sur lui.*

Yanek est arrêté. Il est arrêté, c'est sûr. Il
faut faire quelque chose.

ANNENKOV

Attends. (*Il écoute.*) Non. C'est fini.

DORA

Comment est-ce arrivé ? Yanek, arrêté sans
avoir rien fait ! Il était prêt à tout, je le sais. Il
voulait la prison, et le procès. Mais après avoir
tué le grand-duc ! Pas ainsi, non, pas ainsi !

ANNENKOV, *regardant au dehors.*

Voinov ! Vite !

Dora va ouvrir.
Entre Voinov, le visage décomposé.

ANNENKOV

Alexis, vite, parle.

VOINOV

Je ne sais rien. J'attendais la première bombe.
J'ai vu la voiture prendre le tournant et rien ne
s'est passé. J'ai perdu la tête. J'ai cru qu'au
dernier moment, tu avais changé nos plans, j'ai
hésité. Et puis, j'ai couru jusqu'ici...

ANNENKOV

Et Yanek?

VOINOV

Je ne l'ai pas vu.

DORA

Il est arrêté.

ANNENKOV, *regardant toujours dehors.*

Le voilà!

*Même jeu de scène. Entre Kaliayev, le
visage couvert de larmes.*

KALIAYEV, *dans l'égarement.*

Frères, pardonnez-moi. Je n'ai pas pu.

Dora va vers lui et lui prend la main.

DORA

Ce n'est rien.

ANNENKOV

Que s'est-il passé?

DORA, *à Kaliayev.*

Ce n'est rien. Quelquefois, au dernier moment, tout s'écroule.

ANNENKOV

Mais ce n'est pas possible.

DORA

Laisse-le. Tu n'es pas le seul, Yanek. Schweitzer, non plus, la première fois, n'a pas pu.

ANNENKOV

Yanek, tu as eu peur ?

KALIAYEV, *sursautant.*

Peur, non. Tu n'as pas le droit !

> *On frappe le signal convenu. Voinov sort sur un signe d'Annenkov. Kaliayev est prostré. Silence. Entre Stepan.*

ANNENKOV

Alors ?

STEPAN

Il y avait des enfants dans la calèche du grand-duc.

ANNENKOV

Des enfants ?

STEPAN

Oui. Le neveu et la nièce du grand-duc.

ANNENKOV

Le grand-duc devait être seul, selon Orlov.

STEPAN

Il y avait aussi la grande-duchesse. Cela faisait trop de monde, je suppose, pour notre poète. Par bonheur, les mouchards n'ont rien vu.

Annenkov parle à voix basse à Stepan. Tous regardent Kaliayev qui lève les yeux vers Stepan.

KALIAYEV, *égaré.*

Je ne pouvais pas prévoir... Des enfants, des enfants surtout. As-tu regardé des enfants? Ce regard grave qu'ils ont parfois... Je n'ai jamais pu soutenir ce regard... Une seconde auparavant, pourtant, dans l'ombre, au coin de la petite place, j'étais heureux. Quand les lanternes de la calèche ont commencé à briller au loin, mon cœur s'est mis à battre de joie, je te le jure. Il battait de plus en plus fort à mesure que le roulement de la calèche grandissait. Il faisait tant de bruit en moi. J'avais envie de bondir. Je crois que je riais. Et je disais « oui, oui »... Tu comprends?

Il quitte Stepan du regard et reprend son attitude affaissée.

J'ai couru vers elle. C'est à ce moment que je les ai vus. Ils ne riaient pas, eux. Ils se tenaient tout droits et regardaient dans le vide. Comme ils avaient l'air triste! Perdus dans leurs habits de parade, les mains sur les cuisses, le buste raide de chaque côté de la portière! Je n'ai pas vu la grande-duchesse. Je n'ai vu qu'eux. S'ils m'avaient regardé, je crois que j'aurais lancé la bombe. Pour éteindre au moins ce regard triste. Mais ils regardaient toujours devant eux.

Il lève les yeux vers les autres. Silence. Plus bas encore.

Alors, je ne sais pas ce qui s'est passé. Mon bras est devenu faible. Mes jambes tremblaient. Une seconde après, il était trop tard. (*Silence. Il regarde à terre.*) Dora, ai-je rêvé, il m'a semblé que les cloches sonnaient à ce moment-là?

DORA

Non, Yanek, tu n'as pas rêvé.

Elle pose la main sur son bras. Kaliayev relève la tête et les voit tous tournés vers lui. Il se lève.

KALIAYEV

Regardez-moi, frères, regarde-moi, Boria, je ne suis pas un lâche, je n'ai pas reculé. Je ne les

attendais pas. Tout s'est passé trop vite. Ces
deux petits visages sérieux et dans ma main,
ce poids terrible. C'est sur eux qu'il fallait le
lancer. Ainsi. Tout droit. Oh, non! je n'ai pas pu.

Il tourne son regard de l'un à l'autre.

Autrefois, quand je conduisais la voiture, chez
nous, en Ukraine, j'allais comme le vent, je n'a-
vais peur de rien. De rien au monde, sinon de
renverser un enfant. J'imaginais le choc, cette
tête frêle frappant la route, à la volée...

Il se tait.

Aidez-moi...

Silence.

Je voulais me tuer. Je suis revenu parce que
je pensais que je vous devais des comptes, que
vous étiez mes seuls juges, que vous me diriez
si j'avais tort ou raison, que vous ne pouviez
pas vous tromper. Mais vous ne dites rien.

*Dora se rapproche de lui, à le toucher.
Il les regarde, et, d'une voix morne :*

Voilà ce que je propose. Si vous décidez qu'il
faut tuer ces enfants, j'attendrai la sortie du
théâtre et je lancerai seul la bombe sur la calèche.
Je sais que je ne manquerai pas mon but. Décidez
seulement, j'obéirai à l'Organisation.

STEPAN

L'Organisation t'avait commandé de tuer le grand-duc.

KALIAYEV

C'est vrai. Mais elle ne m'avait pas demandé d'assassiner des enfants.

ANNENKOV

Yanek a raison. Ceci n'était pas prévu.

STEPAN

Il devait obéir.

ANNENKOV

Je suis le responsable. Il fallait que tout fût prévu et que personne ne pût hésiter sur ce qu'il y avait à faire. Il faut seulement décider si nous laissons échapper définitivement cette occasion ou si nous ordonnons à Yanek d'attendre la sortie du théâtre. Alexis?

VOINOV

Je ne sais pas. Je crois que j'aurais fait comme Yanek. Mais je ne suis pas sûr de moi. (*Plus bas.*) Mes mains tremblent.

ANNENKOV

Dora?

DORA, *avec violence.*

J'aurais reculé, comme Yanek. Puis-je conseiller aux autres ce que moi-même je ne pourrais pas faire ?

STEPAN

Est-ce que vous vous rendez compte de ce que signifie cette décision ? Deux mois de filatures, de terribles dangers courus et évités, deux mois perdus à jamais. Egor arrêté pour rien. Rikov pendu pour rien. Et il faudrait recommencer ? Encore de longues semaines de veilles et de ruses, de tension incessante, avant de retrouver l'occasion propice ? Etes-vous fous ?

ANNENKOV

Dans deux jours, le grand-duc retournera au théâtre, tu le sais bien.

STEPAN

Deux jours où nous risquons d'être pris, tu l'as dit toi-même.

KALIAYEV

Je pars.

DORA

Attends ! (*A Stepan.*) Pourrais-tu, toi, Stepan, les yeux ouverts, tirer à bout portant sur un enfant ?

STEPAN

Te le pourrais si l'Organisation le commandait.

DORA

Pourquoi fermes-tu les yeux?

STEPAN

Moi? J'ai fermé les yeux?

DORA

Oui.

STEPAN

Alors, c'était pour mieux imaginer la scène et répondre en connaissance de cause.

DORA

Ouvre les yeux et comprends que l'Organisation perdrait ses pouvoirs et son influence si elle tolérait, un seul moment, que des enfants fussent broyés par nos bombes

STEPAN

Je n'ai pas assez de cœur pour ces niaiseries. Quand nous nous déciderons à oublier les enfants, ce jour-là, nous serons les maîtres du monde et la révolution triomphera.

DORA

Ce jour-là, la révolution sera haïe de l'humanité entière.

STEPAN

Qu'importe si nous l'aimons assez fort pour l'imposer à l'humanité entière et la sauver d'elle-même et de son esclavage.

DORA

Et si l'humanité entière rejette la révolution ? Et si le peuple entier, pour qui tu luttes, refuse que ses enfants soient tués ? Faudra-t-il le frapper aussi ?

STEPAN

Oui, s'il le faut, et jusqu'à ce qu'il comprenne. Moi aussi, j'aime le peuple.

DORA

L'amour n'a pas ce visage.

STEPAN

Qui le dit ?

DORA

Moi, Dora.

STEPAN

Tu es une femme et tu as une idée malheureuse de l'amour.

DORA, *avec violence.*

Mais j'ai une idée juste de ce qu'est la honte.

STEPAN

J'ai eu honte de moi-même, une seule fois, et par la faute des autres. Quand on m'a donné le fouet. Car on m'a donné le fouet. Le fouet, savez-vous ce qu'il est ? Véra était près de moi et elle s'est suicidée par protestation. Moi, j'ai vécu. De quoi aurais-je honte, maintenant ?

ANNENKOV

Stepan, tout le monde ici t'aime et te respecte. Mais quelles que soient tes raisons, je ne puis te laisser dire que tout est permis. Des centaines de nos frères sont morts pour qu'on sache que tout n'est pas permis.

STEPAN

Rien n'est défendu de ce qui peut servir notre cause.

ANNENKOV, *avec colère.*

Est-il permis de rentrer dans la police et de jouer sur deux tableaux, comme le proposait Evno ? Le ferais-tu ?

STEPAN

Oui, s'il le fallait.

ANNENKOV, *se levant.*

Stepan, nous oublierons ce que tu viens de dire, en considération de ce que tu as fait pour

nous et avec nous. Souviens-toi seulement de
ceci. Il s'agit de savoir si, tout à l'heure, nous
lancerons des bombes contre ces deux enfants.

STEPAN

Des enfants! Vous n'avez que ce mot à la
bouche. Ne comprenez-vous donc rien? Parce
que Yanek n'a pas tué ces deux-là, des milliers
d'enfants russes mourront de faim pendant des
années encore. Avez-vous vu des enfants mourir de faim? Moi, oui. Et la mort par la bombe
est un enchantement à côté de cette mort-là.
Mais Yanek ne les a pas vus. Il n'a vu que les
deux chiens savants du grand-duc. N'êtes-vous
donc pas des hommes? Vivez-vous dans le seul
instant? Alors choisissez la charité et guérissez
seulement le mal de chaque jour, non la révolution qui veut guérir tous les maux, présents et
à venir.

DORA

Yanek accepte de tuer le grand-duc puisque
sa mort peut avancer le temps où les enfants
russes ne mourront plus de faim. Cela déjà n'est
pas facile. Mais la mort des neveux du grand-duc
n'empêchera aucun enfant de mourir de faim.
Même dans la destruction, il y a un ordre, il y
a des limites.

STEPAN, *violemment.*

Il n'y a pas de limites. La vérité est que vous
ne croyez pas à la révolution. (*Tous se lèvent, sauf*

Yanek.) Vous n'y croyez pas. Si vous y croyiez
totalement, complètement, si vous étiez sûrs que
par nos sacrifices et nos victoires, nous arrive-
rons à bâtir une Russie libérée du despotisme,
une terre de liberté qui finira par recouvrir le
monde entier, si vous ne doutiez pas qu'alors,
l'homme, libéré de ses maîtres et de ses préjugés,
lèvera vers le ciel la face des vrais dieux, que
pèserait la mort de deux enfants ? Vous vous
reconnaîtriez tous les droits, tous, vous m'en-
tendez. Et si cette mort vous arrête, c'est que vous
n'êtes pas sûrs d'être dans votre droit. Vous ne
croyez pas à la révolution.

Silence. Kaliayev se lève.

KALIAYEV

Stepan, j'ai honte de moi et pourtant je ne
te laisserai pas continuer. J'ai accepté de tuer
pour renverser le despotisme. Mais derrière ce
que tu dis, je vois s'annoncer un despotisme qui,
s'il s'installe jamais, fera de moi un assassin alors
que j'essaie d'être un justicier.

STEPAN

Qu'importe que tu ne sois pas un justicier, si
justice est faite, même par des assassins. Toi et
moi, ne sommes rien.

KALIAYEV

Nous sommes quelque chose et tu le sais bien
puisque c'est au nom de ton orgueil que tu parles
encore aujourd'hui.

STEPAN

Mon orgueil ne regarde que moi. Mais l'orgueil des hommes, leur révolte, l'injustice où ils vivent, cela, c'est notre affaire à tous.

KALIAYEV

Les hommes ne vivent pas que de justice.

STEPAN

Quand on leur vole le pain, de quoi vivraient-ils donc, sinon de justice?

KALIAYEV

De justice et d'innocence.

STEPAN

L'innocence? Je la connais peut-être. Mais j'ai choisi de l'ignorer et de la faire ignorer à des milliers d'hommes pour qu'elle prenne un jour un sens plus grand.

KALIAYEV

Il faut être bien sûr que ce jour arrive pour nier tout ce qui fait qu'un homme consent à vivre.

STEPAN

J'en suis sûr.

KALIAYEV

Tu ne peux pas l'être. Pour savoir qui, de toi ou de moi, a raison, il faudra peut-être le sacrifice de trois générations, plusieurs guerres, de terribles révolutions. Quand cette pluie de sang aura séché sur la terre, toi et moi serons mêlés depuis longtemps à la poussière.

STEPAN

D'autres viendront alors, et je les salue comme mes frères.

KALIAYEV, *criant.*

D'autres... Oui! Mais moi, j'aime ceux qui vivent aujourd'hui sur la même terre que moi, et c'est eux que je salue. C'est pour eux que je lutte et que je consens à mourir. Et pour une cité lointaine, dont je ne suis pas sûr, je n'irai pas frapper le visage de mes frères. Je n'irai pas ajouter à l'injustice vivante pour une justice morte. (*Plus bas, mais fermement.*) Frères, je veux vous parler franchement et vous dire au moins ceci que pourrait dire le plus simple de nos paysans : tuer des enfants est contraire à l'honneur. Et, si un jour, moi vivant, la révolution devait se séparer de l'honneur, je m'en détournerais. Si vous le décidez, j'irai tout à l'heure à la sortie du théâtre, mais je me jetterai sous les chevaux.

STEPAN

L'honneur est un luxe réservé à ceux qui ont des calèches.

5

KALIAYEV

Non. Il est la dernière richesse du pauvre. Tu le sais bien et tu sais aussi qu'il y a un honneur dans la révolution. C'est celui pour lequel nous acceptons de mourir. C'est celui qui t'a dressé un jour sous le fouet, Stepan, et qui te fait parler encore aujourd'hui.

STEPAN, *dans un cri.*

Tais-toi. Je te défends de parler de cela.

KALIAYEV, *emporté.*

Pourquoi me tairais-je ? Je t'ai laissé dire que je ne croyais pas à la révolution. C'était me dire que j'étais capable de tuer le grand-duc pour rien, que j'étais un assassin. Je te l'ai laissé dire et je ne t'ai pas frappé.

ANNENKOV

Yanek !

STEPAN

C'est tuer pour rien, parfois, que de ne pas tuer assez.

ANNENKOV

Stepan, personne ici n'est de ton avis. La décision est prise.

STEPAN

Je m'incline donc. Mais je répéterai que la terreur ne convient pas aux délicats. Nous sommes des meurtriers et nous avons choisi de l'être.

KALIAYEV, *hors de lui.*

Non. J'ai choisi de mourir pour que le meurtre ne triomphe pas. J'ai choisi d'être innocent.

ANNENKOV

Yanek et Stepan, assez! L'Organisation décide que le meurtre de ces enfants est inutile. Il faut reprendre la filature. Nous devons être prêts à recommencer dans deux jours.

STEPAN

Et si les enfants sont encore là?

ANNENKOV

Nous attendrons une nouvelle occasion.

STEPAN

Et si la grande-duchesse accompagne le grand-duc?

KALIAYEV

Je ne l'épargnerai pas.

ANNENKOV

Écoutez.

Un bruit de calèche. Kaliayev se dirige irrésistiblement vers la fenêtre. Les autres attendent. La calèche se rapproche, passe sous les fenêtres et disparaît.

VOINOV, *regardant Dora, qui vient vers lui.*

Recommencer, Dora...

STEPAN, *avec mépris.*

Oui, Alexis, recommencer... Mais il faut bien faire quelque chose pour l'honneur!

RIDEAU

ACTE TROISIÈME

Même lieu, même heure, deux jours après.

STEPAN

Que fait Voinov? Il devrait être là.

ANNENKOV

Il a besoin de dormir. Et nous avons encore une demi-heure devant nous.

STEPAN

Je puis aller aux nouvelles.

ANNENKOV

Non. Il faut limiter les risques.

Silence.

ANNENKOV

Yanek, pourquoi ne dis-tu rien?

KALIAYEV

Je n'ai rien à dire. Ne t'inquiète pas.

On sonne.

KALIAYEV

Le voilà.

Entre Voinov.

ANNENKOV

As-tu dormi?

VOINOV

Un peu, oui.

ANNENKOV

As-tu dormi la nuit entière?

VOINOV

Non.

ANNENKOV

Il le fallait. Il y a des moyens.

VOINOV

J'ai essayé. J'étais trop fatigué.

ANNENKOV

Tes mains tremblent.

VOINOV

Non.

Tous le regardent.

Qu'avez-vous à me regarder ? Ne peut-on être
fatigué ?

ANNENKOV

On peut être fatigué. Nous pensons à toi.

VOINOV, *avec une violence soudaine.*

Il fallait y penser avant-hier. Si la bombe avait
été lancée, il y a deux jours, nous ne serions plus
fatigués.

KALIAYE

Pardonne-moi, Alexis. J'ai rendu les choses
plus difficiles.

VOINOV, *plus bas.*

Qui dit cela ? Pourquoi plus difficiles ? Je suis
fatigué, voilà tout.

DORA

Tout ira vite, maintenant. Dans une heure,
ce sera fini.

VOINOV

Oui, ce sera fini. Dans une heure...

> *Il regarde autour de lui. Dora va vers lui
> et lui prend la main. Il abandonne sa main,
> puis l'arrache avec violence.*

VOINOV

Boria, je voudrais te parler.

ANNENKOV

En particulier ?

VOINOV

En particulier.

> *Ils se regardent. Kaliayev, Dora et Stepan*
> *sortent.*

ANNENKOV

Qu'y a-t-il ?

> *Voinov se tait.*

Dis-le-moi, je t'en prie.

VOINOV

J'ai honte, Boria.

> *Silence.*

VOINOV

J'ai honte. Je dois te dire la vérité.

ANNENKOV

Tu ne veux pas lancer la bombe ?

VOINOV

Je ne pourrai pas la lancer

ANNENKOV

As-tu peur ? N'est-ce que cela ? Il n'y a pas de
honte.

VOINOV

J'ai peur et j'ai honte d'avoir peur.

ANNENKOV

Mais avant-hier, tu étais joyeux et fort. Lorsque tu es parti, tes yeux brillaient.

VOINOV

J'ai toujours eu peur. Avant-hier, j'avais rassemblé mon courage, voilà tout. Lorsque j'ai entendu la calèche rouler au loin, je me suis dit : « Allons! Plus qu'une minute. » Je serrais les dents. Tous mes muscles étaient tendus. J'allais lancer la bombe avec autant de violence que si elle devait tuer le grand-duc sous le choc. J'attendais la première explosion pour faire éclater toute cette force accumulée en moi. Et puis, rien. La calèche est arrivée sur moi. Comme elle roulait vite! Elle m'a dépassé. J'ai compris alors que Yanek n'avait pas lancé la bombe. A ce moment, un froid terrible m'a saisi. Et tout d'un coup, je me suis senti faible comme un enfant.

ANNENKOV

Ce n'était rien, Alexis. La vie reflue ensuite.

VOINOV

Depuis deux jours, la vie n'est pas revenue. Je t'ai menti tout à l'heure, je n'ai pas dormi cette nuit. Mon cœur battait trop fort. Oh! Boria, je suis désespéré.

ANNENKOV

Tu ne dois pas l'être. Nous avons tous été comme toi. Tu ne lanceras pas la bombe. Un mois de repos en Finlande, et tu reviendras parmi nous.

VOINOV

Non. C'est autre chose. Si je ne lance pas la bombe maintenant, je ne la lancerai jamais.

ANNENKOV

Quoi donc ?

VOINOV

Je ne suis pas fait pour la terreur. Je le sais maintenant. Il vaut mieux que je vous quitte. Je militerai dans les comités, à la propagande.

ANNENKOV

Les risques sont les mêmes.

VOINOV

Oui, mais on peut agir en fermant les yeux. On ne sait rien.

ANNENKOV

Que veux-tu dire ?

VOINOV, *avec fièvre.*

On ne sait rien. C'est facile d'avoir des réu-

nions, de discuter la situation et de transmettre
ensuite l'ordre d'exécution. On risque sa vie,
bien sûr, mais à tâtons, sans rien voir. Tandis
que se tenir debout, quand le soir tombe sur
la ville, au milieu de la foule de ceux qui pressent
le pas pour trouver la soupe brûlante, des enfants,
la chaleur d'une femme, se tenir debout et muet,
avec le poids de la bombe au bout du bras, et
savoir que dans trois minutes, dans deux minutes,
dans quelques secondes, on s'élancera au-devant
d'une calèche étincelante, voilà la terreur. Et je
sais maintenant que je ne pourrai recommencer
sans me sentir vidé de mon sang. Oui, j'ai honte. J'ai
visé trop haut. Il faut que je travaille à ma place.
Une toute petite place. La seule dont je sois digne.

ANNENKOV

Il n'y a pas de petite place. La prison et la
potence sont toujours au bout.

VOINOV

Mais on ne les voit pas comme on voit celui
qu'on va tuer. Il faut les imaginer. Par chance,
je n'ai pas d'imagination. (*Il rit nerveusement.*)
Je ne suis jamais arrivé à croire réellement à la
police secrète. Bizarre, pour un terroriste, hein ?
Au premier coup de pied dans le ventre, j'y
croirai. Pas avant.

ANNENKOV

Et une fois en prison ? En prison, on sait et
on voit. Il n'y a plus d'oubli.

VOINOV

En prison, il n'y a pas de décision à prendre.
Oui, c'est cela, ne plus prendre de décision!
N'avoir plus à se dire : « Allons, c'est à toi, il
faut que, toi, tu décides de la seconde où tu vas
t'élancer. » Je suis sûr maintenant que si je
suis arrêté, je n'essaierai pas de m'évader. Pour
s'évader, il faut encore de l'invention, il faut
prendre l'initiative. Si on ne s'évade pas, ce sont
les autres qui gardent l'initiative. Ils ont tout le
travail.

ANNENKOV

Ils travaillent à vous pendre, quelquefois.

VOINOV, *avec désespoir.*

Quelquefois. Mais il me sera moins difficile
de mourir que de porter ma vie et celle d'un
autre à bout de bras et de décider du moment
où je précipiterai ces deux vies dans les flammes.
Non, Boria, la seule façon que j'aie de me racheter,
c'est d'accepter ce que je suis.

Annenkov se tait.

Même les lâches peuvent servir la révolution.
Il suffit de trouver leur place.

ANNENKOV

Alors, nous sommes tous des lâches. Mais
nous n'avons pas toujours l'occasion de le véri-
fier. Tu feras ce que tu voudras.

VOINOV

Je préfère partir tout de suite. Il me semble que je ne pourrais pas les regarder en face. Mais tu leur parleras.

ANNENKOV

Je leur parlerai.

Il avance vers lui.

VOINOV

Dis à Yanek que ce n'est pas de sa faute. Et que je l'aime, comme je vous aime tous.

Silence. Annenkov l'embrasse.

ANNENKOV

Adieu, frère. Tout finira. La Russie sera heureuse.

VOINOV, *s'enfuyant.*

Oh oui. Qu'elle soit heureuse! Qu'elle soit heureuse!

Annenkov va à la porte.

ANNENKOV

Venez.

Tous entrent avec Dora.

STEPAN

Qu'y a-t-il?

ANNENKOV

Voinov ne lancera pas la bombe. Il est épuisé.
Ce ne serait pas sûr.

KALIAYEV

C'est de ma faute, n'est-ce pas, Boria?

ANNENKOV

Il te fait dire qu'il t'aime.

KALIAYEV

Le reverrons-nous?

ANNENKOV

Peut-être. En attendant, il nous quitte.

STEPAN

Pourquoi?

ANNENKOV

Il sera plus utile dans les Comités.

STEPAN

L'a-t-il demandé? Il a donc peur?

ANNENKOV

Non. J'ai décidé de tout.

STEPAN

A une heure de l'attentat, tu nous prives d'un homme ?

ANNENKOV

A une heure de l'attentat, il m'a fallu décider seul. Il est trop tard pour discuter. Je prendrai la place de Voinov.

STEPAN

Ceci me revient de droit.

KALIAYEV, *à Annenkov.*

Tu es le chef. Ton devoir est de rester ici.

ANNENKOV

Un chef a quelquefois le devoir d'être lâche. Mais à condition qu'il éprouve sa fermeté, à l'occasion. Ma décision est prise. Stepan, tu me remplaceras pendant le temps qu'il faudra. Viens, tu dois connaître les instructions.

> *Ils sortent. Kaliayev va s'asseoir. Dora va vers lui et tend une main. Mais elle se ravise.*

DORA

Ce n'est pas de ta faute.

KALIAYEV

Je lui ai fait du mal, beaucoup de mal. Sais-tu ce qu'il me disait l'autre jour?

DORA

Il répétait sans cesse qu'il était heureux.

KALIAYEV

Oui, mais il m'a dit qu'il n'y avait pas de bonheur pour lui, hors de notre communauté. « Il y a nous, disait-il, l'Organisation. Et puis, il n'y a rien. C'est une chevalerie. » Quelle pitié, Dora!

DORA

Il reviendra.

KALIAYEV

Non. J'imagine ce que je ressentirais à sa place. Je serais désespéré.

DORA

Et maintenant, ne l'es-tu pas?

KALIAYEV, *avec tristesse.*

Maintenant? Je suis avec vous et je suis heureux comme il l'était.

DORA, *lentement.*

C'est un grand bonheur.

KALIAYEV

C'est un bien grand bonheur. Ne penses-tu
pas comme moi?

DORA

Je pense comme toi. Alors pourquoi es-tu
triste? Il y a deux jours ton visage resplendissait.
Tu semblais marcher vers une grande fête. Aujour-
d'hui...

KALIAYEV, *se levant, dans une grande
agitation.*

Aujourd'hui, je sais ce que je ne savais pas.
Tu avais raison, ce n'est pas si simple. Je croyais
que c'était facile de tuer, que l'idée suffisait,
et le courage. Mais je ne suis pas si grand et je
sais maintenant qu'il n'y a pas de bonheur dans
la haine. Tout ce mal, tout ce mal, en moi et chez
les autres. Le meurtre, la lâcheté, l'injustice...
Oh il faut, il faut que je le tue... Mais j'irai jusqu'au bout! Plus loin que la haine!

DORA

Plus loin? Il n'y a rien.

KALIAYEV

Il y a l'amour.

DORA

L'amour ? Non, ce n'est pas ce qu'il faut.

KALIAYEV

Oh Dora, comment dis-tu cela, toi dont je connais le cœur...

DORA

Il y a trop de sang, trop de dure violence. Ceux qui aiment vraiment la justice n'ont pas droit à l'amour. Ils sont dressés comme je suis, la tête levée, les yeux fixes. Que viendrait faire l'amour dans ces cœurs fiers ? L'amour courbe doucement les têtes, Yanek. Nous, nous avons la nuque raide.

KALIAYEV

Mais nous aimons notre peuple.

DORA

Nous l'aimons, c'est vrai. Nous l'aimons d'un vaste amour sans appui, d'un amour malheureux. Nous vivons loin de lui, enfermés dans nos chambres, perdus dans nos pensées. Et le peuple, lui, nous aime-t-il ? Sait-il que nous l'aimons ? Le peuple se tait. Quel silence, quel silence...

KALIAYEV

Mais c'est cela l'amour, tout donner, tout sacrifier sans espoir de retour.

DORA

Peut-être. C'est l'amour absolu, la joie pure et solitaire, c'est celui qui me brûle en effet. A certaines heures, pourtant, je me demande si l'amour n'est pas autre chose, s'il peut cesser d'être un monologue, et s'il n'y a pas une réponse, quelquefois. J'imagine cela, vois-tu : le soleil brille, les têtes se courbent doucement, le cœur quitte sa fierté, les bras s'ouvrent. Ah! Yanek, si l'on pouvait oublier, ne fût-ce qu'une heure, l'atroce misère de ce monde et se laisser aller enfin. Une seule petite heure d'égoïsme, peux-tu penser à cela ?

KALIAYEV

Oui, Dora, cela s'appelle la tendresse.

DORA

Tu devines tout, mon chéri, cela s'appelle la tendresse. Mais la connais-tu vraiment ? Est-ce que tu aimes la justice avec la tendresse ?

Kaliayev se tait.

Est-ce que tu aimes notre peuple avec cet abandon et cette douceur, ou, au contraire, avec la flamme de la vengeance et de la révolte ? (*Kaliayev se tait toujours.*) Tu vois. (*Elle va vers lui, et d'un ton très faible.*) Et moi, m'aimes-tu avec tendresse ?

Kaliayev la regarde.

KALIAYEV, *après un silence.*

Personne ne t'aimera jamais comme je t'aime.

DORA

Je sais. Mais ne vaut-il pas mieux aimer comme tout le monde?

KALIAYEV

Je ne suis pas n'importe qui. Je t'aime comme je suis.

DORA

Tu m'aimes plus que la justice, plus que l'Organisation?

KALIAYEV

Je ne vous sépare pas, toi, l'Organisation et la justice.

DORA

Oui, mais réponds-moi, je t'en suplie, réponds-moi. M'aimes-tu dans la solitude, avec tendresse, avec égoïsme? M'aimerais-tu si j'étais injuste?

KALIAYEV

Si tu étais injuste, et que je puisse t'aimer, ce n'est pas toi que j'aimerais.

DORA

Tu ne réponds pas. Dis-moi seulement, m'aimerais-tu si je n'étais pas dans l'Organisation ?

KALIAYEV

Où serais-tu donc ?

DORA

Je me souviens du temps où j'étudiais. Je riais. J'étais belle alors. Je passais des heures à me promener et à rêver. M'aimerais-tu légère et insouciante ?

KALIAYEV, *il hésite et très bas.*

Je meurs d'envie de te dire oui.

DORA, *dans un cri.*

Alors, dis oui, mon chéri, si tu le penses et si cela est vrai. Oui, en face de la justice, devant la misère et le peuple enchaîné. Oui, oui, je t'en supplie, malgré l'agonie des enfants, malgré ceux qu'on pend et ceux qu'on fouette à mort...

KALIAYEV

Tais-toi, Dora.

DORA

Non, il faut bien une fois au moins laisser parler son cœur. J'attends que tu m'appelles, moi,

Dora, que tu m'appelles par-dessus ce monde empoisonné d'injustice...

KALIAYEV, *brutalement.*

Tais-toi. Mon cœur ne me parle que de toi. Mais tout à l'heure, je ne devrai pas trembler.

DORA, *égarée.*

Tout à l'heure ? Oui, j'oubliais... (*Elle rit comme si elle pleurait.*) Non, c'est très bien, mon chéri. Ne sois pas fâché, je n'étais pas raisonnable. C'est la fatigue. Moi non plus, je n'aurais pas pu le dire. Je t'aime du même amour un peu fixe, dans la justice et les prisons. L'été, Yanek, tu te souviens ? Mais non, c'est l'éternel hiver. Nous ne sommes pas de ce monde, nous sommes des justes. Il y a une chaleur qui n'est pas pour nous. (*Se détournant.*) Ah! pitié pour les justes!

KALIAYEV, *la regardant avec désespoir.*

Oui, c'est là notre part, l'amour est impossible. Mais je tuerai le grand-duc, et il y aura alors une paix, pour toi comme pour moi.

DORA

La paix! Quand la trouverons-nous?

KALIAYEV, *avec violence.*

Le lendemain.

Entrent Annenkov et Stepan. Dora et Kaliayev s'éloignent l'un de l'autre.

ANNENKOV

Yanek!

KALIAYEV

Tout de suite. (*Il respire profondément.*) Enfin, enfin...

STEPAN, *venant vers lui.*

Adieu, frère, je suis avec toi.

KALIAYEV

Adieu, Stepan. (*Il se tourne vers Dora.*) Adieu, Dora.

> *Dora va vers lui. Ils sont tout près l'un de l'autre, mais ne se toucheront pas.*

DORA

Non, pas adieu. Au revoir. Au revoir, mon chéri. Nous nous retrouverons.

> *Il la regarde. Silence.*

KALIAYEV

Au revoir. Je... La Russie sera belle.

DORA, *dans les larmes.*

La Russie sera belle.

Kaliayev se signe devant l'icône. Ils sortent avec Annenkov.

Stepan va à la fenêtre. Dora ne bouge pas, regardant toujours la porte.

STEPAN

Comme il marche droit. J'avais tort, tu vois, de ne pas me fier à Yanek. Je n'aimais pas son enthousiasme. Il s'est signé, tu as vu ? Est-il croyant ?

DORA

Il ne pratique pas.

STEPAN

Il a l'âme religieuse, pourtant. C'est cela qui nous séparait. Je suis plus âpre que lui, je le sais bien. Pour nous qui ne croyons pas à Dieu, il faut toute la justice ou c'est le désespoir.

DORA

Pour lui, la justice elle-même est désespérante.

STEPAN

Oui, une âme faible. Mais la main est forte. Il vaut mieux que son âme. Il le tuera, c'est sûr. Cela est bien, très bien même. Détruire, c'est ce qu'il faut. Mais tu ne dis rien ? (*Il l'examine.*) Tu l'aimes ?

DORA

Il faut du temps pour aimer. Nous avons à peine assez de temps pour la justice.

STEPAN

Tu as raison. Il y a trop à faire ; il faut ruiner ce monde de fond en comble... Ensuite... (*A la fenêtre.*) Je ne les vois plus, ils sont arrivés.

DORA

Ensuite...

STEPAN

Nous nous aimerons.

DORA

Si nous sommes là.

STEPAN

D'autres s'aimeront. Cela revient au même.

DORA

Stepan, dis « la haine ».

STEPAN

Comment ?

DORA

Ces deux mots, « la haine », prononce-les.

STEPAN

La haine.

DORA

C'est bien. Yanek les prononçait très mal.

STEPAN, *après un silence, et marchant vers elle.*

Je comprends : tu me méprises. Es-tu sûre d'avoir raison, pourtant ? (*Un silence, et avec une violence croissante.*) Vous êtes tous là à marchander ce que vous faites, au nom de l'ignoble amour. Mais moi, je n'aime rien et je hais, oui, je hais mes semblables ! Qu'ai-je à faire avec leur amour ? Je l'ai connu au bagne, voici trois ans. Et depuis trois ans, je le porte sur moi. Tu voudrais que je m'attendrisse et que je traîne la bombe comme une croix ? Non ! Non ! Je suis allé trop loin, je sais trop de choses... Regarde...

> *Il déchire sa chemise. Dora a un geste vers lui. Elle recule devant les marques du fouet.*

Ce sont les marques ! Les marques de leur amour ! Me méprises-tu maintenant ?

> *Elle va vers lui et l'embrasse brusquement.*

DORA

Qui mépriserait la douleur ? Je t'aime aussi.

STEPAN, *il la regarde et sourdement.*

Pardonne-moi, Dora. (*Un temps. Il se détourne.*)
Peut-être est-ce la fatigue. Des années de lutte,
l'angoisse, les mouchards, le bagne... et pour
finir, ceci. (*Il montre les marques.*) Où trouverais-je
la force d'aimer? Il me reste au moins celle de
haïr. Cela vaut mieux que de ne rien sentir.

DORA

Oui, cela vaut mieux.

>   *Il la regarde. Sept heures sonnent.*

STEPAN, *se retournant brusquement.*

Le grand-duc va passer.

>   *Dora va vers la fenêtre et se colle aux
>   vitres. Long silence. Et puis, dans le loin-
>   tain, la calèche. Elle se rapproche, elle passe.*

STEPAN

S'il est seul...

>   *La calèche s'éloigne. Une terrible explo-
>   sion. Soubresaut de Dora qui cache sa tête
>   dans ses mains. Long silence.*

STEPAN

Boria n'a pas lancé sa bombe! Yanek a réussi.
Réussi! O peuple! O joie!

DORA, *s'abattant en larmes sur lui.*

C'est nous qui l'avons tué! C'est nous qui l'avons tué! C'est moi.

STEPAN, *criant.*

Qui avons-nous tué? Yanek?

DORA

Le grand-duc.

RIDEAU

ACTE QUATRIÈME

Une cellule dans la Tour Pougatchev à la prison Boutirki.
Le matin.

Quand le rideau se lève, Kaliayev est dans sa cellule et regarde la porte. Un gardien et un prisonnier, portant un seau, entrent.

LE GARDIEN

Nettoie. Et fais vite.

Il va se placer vers la fenêtre.
Foka commence à nettoyer sans regarder Kaliayev. Silence.

KALIAYEV

Comment t'appelles-tu, frère ?

FOKA

Foka.

KALIAYEV

Tu es condamné ?

FOKA

Il paraît.

KALIAYEV

Qu'as-tu fait ?

FOKA

J'ai tué.

KALIAYEV

Tu avais faim ?

LE GARDIEN

Moins haut.

KALIAYEV

Comment ?

LE GARDIEN

Moins haut. Je vous laisse parler malgré la consigne. Alors, parle moins haut. Imite le vieux.

KALIAYEV

Tu avais faim ?

FOKA

Non, j'avais soif.

KALIAYEV

Alors ?

FOKA

Alors, il y avait une hache. J'ai tout démoli.
Il paraît que j'en ai tué trois.

Kaliayev le regarde.

FOKA

Eh bien, barine, tu ne m'appelles plus frère ?
Tu es refroidi ?

KALIAYEV

Non. J'ai tué moi aussi.

FOKA

Combien ?

KALIAYEV

Je te le dirai, frère, si tu veux. Mais réponds-
moi, tu regrettes ce qui s'est passé, n'est-ce pas ?

FOKA

Bien sûr, vingt ans, c'est cher. Ça vous laisse
des regrets.

KALIAYEV

Vingt ans. J'entre ici à vingt-trois ans et j'en
sors les cheveux gris.

FOKA

Oh! Ça ira peut-être mieux pour toi. Un juge, ça a des hauts et des bas. Ça dépend s'il est marié, et avec qui. Et puis, tu es barine. Ce n'est pas le même tarif que pour les pauvres diables. Tu t'en tireras.

KALIAYEV

Je ne crois pas. Et je ne le veux pas. Je ne pourrais pas supporter la honte pendant vingt ans.

FOKA

La honte? Quelle honte? Enfin, ce sont des idées de barine. Combien en as-tu tué?

KALIAYEV

Un seul.

FOKA

Que disais-tu? Ce n'est rien.

KALIAYEV

J'ai tué le grand-duc Serge.

FOKA

Le grand-duc? Eh! comme tu y vas. Voyez-vous ces barines! C'est grave, dis-moi?

KALIAYEV

C'est grave. Mais il le fallait.

FOKA

Pourquoi? Tu vivais à la cour? Une histoire de femme, non? Bien fait comme tu l'es...

KALIAYEV

Je suis socialiste.

LE GARDIEN

Moins haut.

KALIAYEV, *plus haut.*

Je suis socialiste révolutionnaire.

FOKA

En voilà une histoire. Et qu'avais-tu besoin d'être comme tu dis? Tu n'avais qu'à rester tranquille et tout allait pour le mieux. La terre est faite pour les barines.

KALIAYEV

Non, elle est faite pour toi. Il y a trop de misère et trop de crimes. Quand il y aura moins de misère, il y aura moins de crimes. Si la terre était libre, tu ne serais pas là.

FOKA

Oui et non. Enfin, libre ou pas, ce n'est jamais bon de boire un coup de trop.

KALIAYEV

Ce n'est jamais bon. Seulement on boit parce qu'on est humilié. Un temps viendra où il ne sera plus utile de boire, où personne n'aura plus de honte, ni barine, ni pauvre diable. Nous serons tous frères et la justice rendra nos cœurs transparents. Sais-tu ce dont je parle ?

FOKA

Oui, c'est le royaume de Dieu.

LE GARDIEN

Moins haut.

KALIAYEV

Il ne faut pas dire cela, frère. Dieu ne peut rien. La justice est notre affaire ! (*Un silence.*) Tu ne comprends pas ? Connais-tu la légende de saint Dmitri ?

FOKA

Non.

KALIAYEV

Il avait rendez-vous dans la steppe avec Dieu lui-même, et il se hâtait lorsqu'il rencontra un paysan dont la voiture était embourbée. Alors saint Dmitri l'aïda. La boue était épaisse, la fondrière profonde. Il fallut batailler pendant une heure. Et quand ce fut fini, saint Dmitri courut au rendez-vous. Mais Dieu n'était plus là.

FOKA

Et alors ?

KALIAYEV

Et alors il y a ceux qui arriveront toujours en retard au rendez-vous parce qu'il y a trop de charrettes embourbées et trop de frères à secourir.

Foka recule.

KALIAYEV

Qu'y a-t-il ?

LE GARDIEN

Moins haut. Et toi, vieux, dépêche-toi.

FOKA

Je me méfie. Tout cela n'est pas normal. On n'a pas idée de se faire mettre en prison pour des histoires de saint et de charrette. Et puis, il y a autre chose...

Le gardien rit.

KALIAYEV, *le regardant.*

Quoi donc?

FOKA

Que fait-on à ceux qui tuent les grands-ducs?

KALIAYEV

On les pend.

FOKA

Ah!

> *Et il s'en va, pendant que le gardien rit
> plus fort.*

KALIAYE∇

Reste. Que t'ai-je fait?

FOKA

Tu ne m'as rien fait. Tout barine que tu es,
pourtant, je ne veux pas te tromper. On bavarde,
on passe le temps, comme ça, mais si tu dois être
pendu, ce n'est pas bien.

KALIAYEV

Pourquoi?

LE GARDIEN, *riant.*

Allez, vieux, parle...

FOKA

Parce que tu ne peux pas me parler comme un frère. C'est moi qui pends les condamnés.

KALIAYEV

N'es-tu pas forçat, toi aussi ?

FOKA

Justement. Ils m'ont proposé de faire ce travail et, pour chaque pendu, ils m'enlèvent une année de prison. C'est une bonne affaire.

KALIAYEV

Pour te pardonner tes crimes, ils t'en font commettre d'autres ?

FOKA

Oh, ce ne sont pas des crimes, puisque c'est commandé. Et puis, ça leur est bien égal. Si tu veux mon avis, ils ne sont pas chrétiens.

KALIAYEV

Et combien de fois, déjà ?

FOKA

Deux fois.

Kaliayev recule. Les autres regagnent la porte, le gardien poussant Foka.

KALIAYEV

Tu es donc un bourreau?

FOKA, *sur la porte.*

Eh bien, barine, et toi?

> *Il sort. On entend des pas, des comman-*
> *dements. Entre Skouratov, très élégant, avec*
> *le gardien.*

SKOURATOV

Laisse-nous. Bonjour. Vous ne me connaissez pas? Moi, je vous connais. (*Il rit.*) Déjà célèbre, hein? (*Il le regarde.*) Puis-je me présenter? (*Kaliayev ne dit rien.*) Vous ne dites rien. Je comprends. Le secret, hein? C'est dur, huit jours au secret. Aujourd'hui, nous avons supprimé le secret et vous aurez des visites. Je suis là pour ça d'ailleurs. Je vous ai déjà envoyé Foka. Exceptionnel, n'est-ce pas? J'ai pensé qu'il vous intéresserait. Êtes-vous content? C'est bon de voir des visages après huit jours, non?

KALIAYEV

Tout dépend du visage.

SKOURATOV

Bonne voix, bien placée. Vous savez ce que vous voulez. (*Un temps.*) Si j'ai bien compris, mon visage vous déplaît?

KALIAYEV

Oui.

SKOURATOV

Vous m'en voyez déçu. Mais c'est un malentendu. L'éclairage est mauvais d'abord. Dans un sous-sol, personne n'est sympathique. Du reste, vous ne me connaissez pas. Quelquefois, un visage rebute. Et puis, quand on connaît le cœur...

KALIAYEV

Assez. Qui êtes-vous ?

SKOURATOV

Skouratov, directeur du département de police.

KALIAYEV

Un valet.

SKOURATOV

Pour vous servir. Mais à votre place, je montrerais moins de fierté. Vous y viendrez peut-être. On commence par vouloir la justice et on finit par organiser une police. Du reste, la vérité ne m'effraie pas. Je vais être franc avec vous. Vous m'intéressez et je vous offre les moyens d'obtenir votre grâce.

KALIAYEV

Quelle grâce ?

SKOURATOV

Comment quelle grâce? Je vous offre la vie sauve.

KALIAYEV

Qui vous l'a demandée?

SKOURATOV

On ne demande pas la vie, mon cher. On la reçoit. N'avez-vous jamais fait grâce à personne? (*Un temps.*) Cherchez bien.

KALIAYEV

Je refuse votre grâce, une fois pour toutes.

SKOURATOV

Écoutez au moins. Je ne suis pas votre ennemi, malgré les apparences. J'admets que vous ayez raison dans ce que vous pensez. Sauf pour l'assassinat...

KALIAYEV

Je vous interdis d'employer ce mot.

SKOURATOV, *le regardant.*

Ah! Les nerfs sont fragiles, hein? (*Un temps.*) Sincèrement, je voudrais vous aider.

KALIAYEV

M'aider ? Je suis prêt à payer ce qu'il faut.
Mais je ne supporterai pas cette familiarité de
vous à moi. Laissez-moi.

SKOURATOV

L'accusation qui pèse sur vous...

KALIAYEV

Je rectifie.

SKOURATOV

Plaît-il ?

KALIAYEV

Je rectifie. Je suis un prisonnier de guerre,
non un accusé.

SKOURATOV

Si vous voulez. Cependant, il y a eu des dégâts,
n'est-ce pas ? Laissons de côté le grand-duc et
la politique. Du moins, il y a eu mort d'homme.
Et quelle mort !

KALIAYEV

J'ai lancé la bombe sur votre tyrannie, non
sur un homme.

SKOURATOV

Sans doute. Mais c'est l'homme qui l'a reçue.
Et ça ne l'a pas arrangé. Voyez-vous, mon cher,
quand on a retrouvé le corps, la tête manquait.
Disparue, la tête! Quant au reste, on a tout juste
reconnu un bras et une partie de la jambe.

KALIAYEV

J'ai exécuté un verdict.

SKOURATOV

Peut-être, peut-être. On ne vous reproche pas
le verdict. Qu'est-ce qu'un verdict? C'est un
mot sur lequel on peut discuter pendant des
nuits. On vous reproche... non, vous n'aimeriez
pas ce mot... disons, un travail d'amateur, un
peu désordonné, dont les résultats, eux, sont
indiscutables. Tout le monde a pu les voir. De-
mandez à la grande-duchesse. Il y avait du sang,
vous comprenez, beaucoup de sang.

KALIAYEV

Taisez-vous.

SKOURATOV

Bon. Je voulais dire simplement que si vous
vous obstinez à parler du verdict, à dire que
c'est le parti et lui seul qui a jugé et exécuté,
que le grand-duc a été tué non par une bombe,
mais par une idée, alors vous n'avez pas besoin

de grâce. Supposez, pourtant, que nous en reve-
nions à l'évidence, supposez que ce soit vous qui
ayez fait sauter la tête du grand-duc, tout change,
n'est-ce pas ? Vous aurez besoin d'être gracié
alors. Je veux vous y aider. Par pure sympathie,
croyez-le. (*Il sourit.*) Que voulez-vous, je ne
m'intéresse pas aux idées, moi, je m'intéresse aux
personnes.

KALIAYEV, éclatant.

Ma personne est au-dessus de vous et de vos
maîtres. Vous pouvez me tuer, non me juger.
Je sais où vous voulez en venir. Vous cherchez
un point faible et vous attendez de moi une attitude honteuse, des larmes et du repentir. Vous
n'obtiendrez rien. Ce que je suis ne vous concerne
pas. Ce qui vous concerne, c'est notre haine,
la mienne et celle de mes frères. Elle est à votre
service.

SKOURATOV

La haine ? Encore une idée. Ce qui n'est pas
une idée, c'est le meurtre. Et ses conséquences,
naturellement. Je veux dire le repentir et le
châtiment. Là, nous sommes au centre. C'est
pour cela d'ailleurs que je me suis fait policier.
Pour être au centre des choses. Mais vous n'ai-
mez pas les confidences. (*Un temps. Il avance
lentement vers lui.*) Tout ce que je voulais dire,
c'est que vous ne devriez pas faire semblant
d'oublier la tête du grand-duc. Si vous en teniez
compte, l'idée ne vous servirait plus de rien.

Vous auriez honte, par exemple, au lieu d'être
fier de ce que vous avez fait. Et à partir du moment
où vous aurez honte, vous souhaiterez de vivre
pour réparer. Le plus important est que vous
décidiez de vivre.

KALIAYEV

Et si je le décidais ?

SKOURATOV

La grâce pour vous et vos camarades.

KALIAYEV

Les avez-vous arrêtés ?

SKOURATOV

Non. Justement. Mais si vous décidez de vivre,
nous les arrêterons.

KALIAYEV

Ai-je bien compris ?

SKOURATOV

Sûrement. Ne vous fâchez pas encore. Réflé-
chissez. Du point de vue de l'idée, vous ne pouvez pas les livrer. Du point de vue de l'évidence,
au contraire, c'est un service à leur rendre. Vous
leur éviterez de nouveaux ennuis et, du même
coup, vous les arracherez à la potence. Par-des-

sus tout, vous obtenez la paix du cœur. A bien
des points de vue, c'est une affaire en or.

Kaliayev se tait.

SKOURATOV

Alors ?

KALIAYEV

Mes frères vous répondront, avant peu.

SKOURATOV

Encore un crime! Décidément, c'est une voca-
tion. Allons, ma mission est terminée. Mon cœur
est triste. Mais je vois bien que vous tenez à
vos idées. Je ne puis vous en séparer.

KALIAYEV

Vous ne pouvez me séparer de mes frères.

SKOURATOV

Au revoir. (*Il fait mine de sortir, et, se retournant :*) Pourquoi, en ce cas, avez-vous épargné
la grande-duchesse et ses neveux ?

KALIAYEV

Qui vous l'a dit ?

SKOURATOV

Votre informateur nous informait aussi. En

8

partie, du moins... Mais pourquoi les avez-vous épargnés ?

KALIAYEV

Ceci ne vous concerne pas.

SKOURATOV, *riant.*

Vous croyez ? Je vais vous dire pourquoi. Une idée peut tuer un grand-duc, mais elle arrive difficilement à tuer des enfants. Voilà ce que vous avez découvert. Alors, une question se pose : si l'idée n'arrive pas à tuer les enfants, mérite-t-elle qu'on tue un grand-duc ?

Kaliayev a un geste.

SKOURATOV

Oh ! Ne me répondez pas, ne me répondez pas surtout ! Vous répondrez à la grande-duchesse.

KALIAYEV

La grande-duchesse ?

SKOURATOV

Oui, elle veut vous voir. Et j'étais venu surtout pour m'assurer que cette conversation était possible. Elle l'est. Elle risque même de vous faire changer d'avis. La grande-duchesse est chrétienne. L'âme, voyez-vous, c'est sa spécialité.

Il rit.

KALIAYEV

Je ne veux pas la voir.

SKOURATOV

Je regrette, elle y tient. Et après tout, vous lui devez quelques égards. On dit aussi que depuis la mort de son mari, elle n'a pas toute sa raison. Nous n'avons pas voulu la contrarier. (*A la porte.*) Si vous changez d'avis, n'oubliez pas ma proposition. Je reviendrai. (*Un temps. Il écoute.*) La voilà. Après la police, la religion! On vous gâte décidément. Mais tout se tient. Imaginez Dieu sans les prisons. Quelle solitude!

> *Il sort. On entend des voix et des commandements.*
> *Entre la grande-duchesse qui reste immobile et silencieuse.*
> *La porte est ouverte.*

KALIAYEV

Que voulez-vous?

LA GRANDE-DUCHESSE, *découvrant son visage.*

Regarde.

> *Kaliayev se tait.*

LA GRANDE-DUCHESSE

Beaucoup de choses meurent avec un homme.

KALIAYEV

Je le savais.

LA GRANDE-DUCHESSE, *avec naturel,*
mais d'une petite voix usée.

Les meurtriers ne savent pas cela. S'ils le sa-
vaient, comment feraient-ils mourir ?

Silence.

KALIAYEV

Je vous ai vue. Je désire maintenant être seul.

LA GRANDE-DUCHESSE

Non. Il me reste à te regarder aussi.

Il recule.

LA GRANDE-DUCHESSE, *s'assied,*
comme épuisée.

Je ne peux plus rester seule. Auparavant, si
je souffrais, il pouvait voir ma souffrance. Souf-
frir était bon alors. Maintenant... Non, je ne
pouvais plus être seule, me taire... Mais à qui
parler ? Les autres ne savent pas. Ils font mine
d'être tristes. Ils le sont, une heure ou deux. Puis
ils vont manger — et dormir. Dormir surtout...
J'ai pensé que tu devais me ressembler. Tu ne
dors pas, j'en suis sûre. Et à qui parler du crime,
sinon au meurtrier ?

KALIAYEV

Quel crime ? Je ne me souviens que d'un acte de justice.

LA GRANDE-DUCHESSE

La même voix! Tu as eu la même voix que lui. Tous les hommes prennent le même ton pour parler de la justice. Il disait : « Cela est juste! » et l'on devait se taire. Il se trompait peut-être, tu te trompes...

KALIAYEV

Il incarnait la suprême injustice, celle qui fait gémir le peuple russe depuis des siècles. Pour cela, il recevait seulement des privilèges. Si même je devais me tromper, la prison et la mort sont mes salaires.

LA GRANDE-DUCHESSE

Oui, tu souffres. Mais lui, tu l'as tué.

KALIAYEV

Il est mort surpris. Une telle mort, ce n'est rien.

LA GRANDE-DUCHESSE

Rien ? (*Plus bas.*) C'est vrai. On t'a emmené tout de suite. Il paraît que tu faisais des discours au milieu des policiers. Je comprends. Cela devait t'aider. Moi, je suis arrivée quelques secondes après. J'ai vu. J'ai mis sur une civière tout ce que je pouvais traîner. Que de sang! (*Un temps.*) J'avais une robe blanche...

KALIAYEV

Taisez-vous.

LA GRANDE-DUCHESSE

Pourquoi? Je dis la vérité. Sais-tu ce qu'il faisait deux heures avant de mourir? Il dormait. Dans un fauteuil, les pieds sur une chaise... comme toujours. Il dormait, et toi, tu l'attendais, dans le soir cruel... (*Elle pleure.*) Aide-moi maintenant.

Il recule, raidi.

LA GRANDE-DUCHESSE

Tu es jeune. Tu ne peux pas être mauvais.

KALIAYEV

Je n'ai pas eu le temps d'être jeune.

LA GRANDE-DUCHESSE

Pourquoi te raidir ainsi? N'as-tu jamais pitié de toi-même?

KALIAYEV

Non.

LA GRANDE-DUCHESSE

Tu as tort. Cela soulage. Moi, je n'ai plus de
pitié que pour moi-même. (*Un temps.*) J'ai mal.
Il fallait me tuer avec lui au lieu de m'épargner.

KALIAYEV

Ce n'est pas vous que j'ai épargnée, mais les
enfants qui étaient avec vous.

LA GRANDE-DUCHESSE

Je sais. Je ne les aimais pas beaucoup. (*Un
temps.*) Ce sont les neveux du grand-duc. N'étaient-
ils pas coupables comme leur oncle ?

KALIAYEV

Non.

LA GRANDE-DUCHESSE

Les connais-tu ? Ma nièce a un mauvais cœur.
Elle refuse de porter elle-même ses aumônes aux
pauvres. Elle a peur de les toucher. N'est-elle
pas injuste ? Elle est injuste. Lui du moins aimait
les paysans. Il buvait avec eux. Et tu l'as tué.
Certainement, tu es injuste aussi. La terre est
déserte.

KALIAYEV

Ceci est inutile. Vous essayez de détendre ma
force et de me désespérer. Vous n'y réussirez pas.
Laissez-moi.

LA GRANDE-DUCHESSE.

Ne veux-tu pas prier avec moi, te repentir?...
Nous ne serons plus seuls.

KALIAYEV

Laissez-moi me préparer à mourir. Si je ne
mourais pas, c'est alors que je serais un meurtrier.

LA GRANDE-DUCHESSE, *elle se dresse.*

Mourir? Tu veux mourir? Non. (*Elle va vers
Kaliayev, dans une grande agitation.*) Tu dois
vivre, et consentir à être un meurtrier. Ne l'as-tu
pas tué? Dieu te justifiera.

KALIAYEV

Quel Dieu, le mien ou le vôtre?

LA GRANDE-DUCHESSE

Celui de la Sainte Église.

KALIAYEV

Elle n'a rien à faire ici.

LA GRANDE-DUCHESSE

Elle sert un maître qui, lui aussi, a connu la
prison.

KALIAYEV

Les temps ont changé. Et la Sainte Église a
choisi dans l'héritage de son maître.

LA GRANDE-DUCHESSE

Choisi, que veux-tu dire ?

KALIAYEV

Elle a gardé la grâce pour elle et nous a laissé le soin d'exercer la charité.

LA GRANDE-DUCHESSE

Qui, nous ?

KALIAYEV, *criant.*

Tous ceux que vous pendez.

Silence.

LA GRANDE-DUCHESSE, *doucement.*

Je ne suis pas votre ennemie.

KALIAYEV, *avec désespoir.*

Vous l'êtes, comme tous ceux de votre race et de votre clan. Il y a quelque chose de plus abject encore que d'être un criminel, c'est de forcer au crime celui qui n'est pas fait pour lui. Regardez-moi. Je vous jure que je n'étais pas fait pour tuer.

LA GRANDE-DUCHESSE

Ne me parlez pas comme à votre ennemie. Regardez. (*Elle va fermer la porte.*) Je me remets à vous. (*Elle pleure.*) Le sang nous sépare. Mais vous pouvez me rejoindre en Dieu, à l'endroit même du malheur. Priez du moins avec moi.

KALIAYEV

Je refuse. (*Il va vers elle.*) Je ne sens pour vous que de la compassion et vous venez de toucher mon cœur. Maintenant, vous me comprendrez parce que je ne vous cacherai rien. Je ne compte plus sur le rendez-vous avec Dieu. Mais, en mourant, je serai exact au rendez-vous que j'ai pris avec ceux que j'aime, mes frères qui pensent à moi en ce moment. Prier serait les trahir.

LA GRANDE-DUCHESSE

Que voulez-vous dire ?

KALIAYEV, *avec exaltation.*

Rien, sinon que je vais être heureux. J'ai une longue lutte à soutenir et je la soutiendrai. Mais quand le verdict sera prononcé, et l'exécution prête, alors, au pied de l'échafaud, je me détournerai de vous et de ce monde hideux et je me laisserai aller à l'amour qui m'emplit. Me comprenez-vous ?

LA GRANDE-DUCHESSE

Il n'y a pas d'amour loin de Dieu.

KALIAYEV

Si. L'amour pour la créature.

LA GRANDE-DUCHESSE

La créature est abjecte. Que faire d'autre que
la détruire ou lui pardonner ?

KALIAYEV

Mourir avec elle.

LA GRANDE-DUCHESSE

On meurt seul. Il est mort seul.

KALIAYEV, *avec désespoir.*

Mourir avec elle! Ceux qui s'aiment aujour-
d'hui doivent mourir ensemble s'ils veulent être
réunis. L'injustice sépare, la honte, la douleur,
le mal qu'on fait aux autres, le crime séparent.
Vivre est une torture puisque vivre sépare.

LA GRANDE-DUCHESSE

Dieu réunit.

KALIAYEV

Pas sur cette terre. Et mes rendez-vous sont
sur cette terre.

LA GRANDE-DUCHESSE

C'est le rendez-vous des chiens, le nez au sol,
toujours flairant, toujours déçus.

KALIAYEV, *détourné vers la fenêtre.*

Je le saurai bientôt. (*Un temps.*) Mais ne peut-on déjà imaginer que deux êtres renonçant à toute joie, s'aiment dans la douleur sans pouvoir s'assigner d'autre rendez-vous que celui de la douleur ? (*Il la regarde.*) Ne peut-on imaginer que la même corde unisse alors ces deux êtres ?

LA GRANDE-DUCHESSE

Quel est ce terrible amour ?

KALIAYEV

Vous et les vôtres ne nous en avez jamais permis d'autre.

LA GRANDE-DUCHESSE

J'aimais aussi celui que vous avez tue.

KALIAYEV

Je l'ai compris. C'est pourquoi je vous pardonne le mal que vous et les vôtres m'avez fait. (*Un temps.*) Maintenant, laissez-moi.

Long silence.

LA GRANDE-DUCHESSE, *se redressant.*

Je vais vous laisser. Mais je suis venue ici pour vous ramener à Dieu, je le sais maintenant. Vous voulez vous juger et vous sauver seul.

Vous ne le pouvez pas. Dieu le pourra, si vous vivez. Je demanderai votre grâce.

KALIAYEV

Je vous en supplie, ne le faites pas. Laissez-moi mourir ou je vous haïrai mortellement.

LA GRANDE-DUCHESSE, *sur la porte.*

Je demanderai votre grâce, aux hommes et à Dieu.

KALIAYEV

Non, non, je vous le défends.

Il court à la porte pour y trouver soudain Skouratov. Kaliayev recule, ferme les yeux. Silence. Il regarde Skouratov à nouveau.

KALIAYEV

J'avais besoin de vous.

SKOURATOV

Vous m'en voyez ravi. Pourquoi ?

KALIAYEV

J'avais besoin de mépriser à nouveau.

SKOURATOV

Dommage. Je venais chercher ma réponse.

KALIAYEV

Vous l'avez maintenant.

SKOURATOV, *changeant de ton.*

Non, je ne l'ai pas encore. Écoutez bien. J'ai facilité cette entrevue avec la grande-duchesse pour pouvoir demain en publier la nouvelle dans les journaux. Le récit en sera exact, sauf sur un point. Il consignera l'aveu de votre repentir. Vos camarades penseront que vous les avez trahis.

KALIAYEV, *tranquillement.*

Ils ne le croiront pas.

SKOURATOV

Je n'arrêterai cette publication que si vous passez aux aveux. Vous avez la nuit pour vous décider.

Il remonte vers la porte.

KALIAYEV, *plus fort.*

Ils ne le croiront pas.

SKOURATOV, *se retournant.*

Pourquoi ? N'ont-ils jamais péché ?

KALIAYEV

Vous ne connaissez pas leur amour.

SKOURATOV

Non. Mais je sais qu'on ne peut pas croire à la fraternité toute une nuit, sans une seule mi-

nute de défaillance. J'attendrai la défaillance.
(*Il ferme la porte dans son dos.*) Ne vous pressez
pas. Je suis patient.

Ils restent face à face.

RIDEAU

ACTE CINQUIÈME

Un autre appartement, mais de même style.
Une semaine après. La nuit.

Silence. Dora se promène de long en large.

ANNENKOV

Repose-toi, Dora.

DORA

J'ai froid.

ANNENKOV

Viens t'étendre ici. Couvre-toi.

DORA, *marchant toujours.*

La nuit est longue. Comme j'ai froid, Boria.

On frappe. Un coup, puis deux.
Annenkov va ouvrir. Entrent Stepan et
Voinov qui va vers Dora et l'embrasse. Elle
le tient serré contre elle.

DORA

Alexis!

STEPAN

Orlov dit que ce pourrait être pour cette nuit. Tous les sous-officiers qui ne sont pas de service sont convoqués. C'est ainsi qu'il sera présent.

ANNENKOV

Où le rencontres-tu?

STEPAN

Il nous attendra, Voinov et moi, au restaurant de la rue Sophiskaia.

DORA, *qui s'est assise, épuisée.*

C'est pour cette nuit, Boria.

ANNENKOV

Rien n'est perdu, la décision dépend du tsar.

STEPAN

La décision dépendra du tsar si Yanek a demandé sa grâce.

DORA

Il ne l'a pas demandée.

STEPAN

Pourquoi aurait-il vu la grande-duchesse si
ce n'est pour sa grâce? Elle a fait dire partout
qu'il s'était repenti. Comment savoir la vérité?

DORA

Nous savons ce qu'il a dit devant le tribunal
et ce qu'il nous a écrit. Yanek a-t-il dit qu'il
regrettait de ne pouvoir disposer que d'une seule
vie pour la jeter comme un défi à l'autocratie?
L'homme qui a dit cela peut-il mendier sa grâce,
peut-il se repentir? Non, il voulait, il veut mourir.
Ce qu'il a fait ne se renie pas.

STEPAN

Il a eu tort de voir la grande-duchesse.

DORA

Il en est le seul juge.

STEPAN

Selon notre règle, il ne devait pas la voir.

DORA

Notre règle est de tuer, rien de plus. Maintenant, il est libre, il est libre enfin.

STEPAN

Pas encore.

DORA

Il est libre. Il a le droit de faire ce qu'il veut, près de mourir. Car il va mourir, soyez contents!

ANNENKOV

Dora!

DORA

Mais oui. S'il était gracié, quel triomphe! Ce serait la preuve, n'est-ce pas, que la grande-duchesse a dit vrai, qu'il s'est repenti et qu'il a trahi. S'il meurt, au contraire, vous le croirez et vous pourrez l'aimer encore. (*Elle les regarde.*) Votre amour coûte cher.

VOINOV, *allant vers elle.*

Non, Dora. Nous n'avons jamais douté de lui.

DORA, *marchant de long en large.*

Oui... Peut-être... Pardonnez-moi. Mais qu'importe, après tout! Nous allons savoir, cette nuit... Ah! pauvre Alexis, qu'es-tu venu faire ici?

VOINOV

Le remplacer. Je pleurais, j'étais fier en lisant son discours au procès. Quand j'ai lu : « La mort sera ma suprême protestation contre un monde de larmes et de sang... » je me suis mis à trembler.

DORA

Un monde de larmes et de sang... il a dit cela, c'est vrai.

VOINOV

Il l'a dit... Ah, Dora, quel courage! Et, à la fin, son grand cri : « Si je me suis trouvé à la hauteur de la protestation humaine contre la violence, que la mort couronne mon œuvre par la pureté de l'idée. » J'ai décidé alors de venir.

DORA, *se cachant la tête dans les mains.*

Il voulait la pureté, en effet. Mais quel affreux couronnement!

VOINOV

Ne pleure pas, Dora. Il a demandé que personne ne pleure sa mort. Oh, je le comprends si bien maintenant. Je ne peux pas douter de lui. J'ai souffert parce que j'ai été lâche. Et puis, j'ai lancé la bombe à Tiflis. Maintenant, je ne suis pas différent de Yanek. Quand j'ai appris sa condamnation, je n'ai eu qu'une idée : prendre sa place puisque je n'avais pu être à ses côtés.

DORA

Qui peut prendre sa place ce soir! Il sera seul, Alexis.

VOINOV

Nous devons le soutenir de notre fierté, comme il nous soutient de son exemple. Ne pleure pas.

DORA

Regarde. Mes yeux sont secs. Mais, fière, oh, non, plus jamais je ne pourrai être fière!

STEPAN

Dora, ne me juge pas mal. Je souhaite que Yanek vive. Nous avons besoin d'hommes comme lui.

DORA

Lui ne le souhaite pas. Et nous devons désirer qu'il meure.

ANNENKOV

Tu es folle.

DORA

Nous devons le désirer. Je connais son cœur. C'est ainsi qu'il sera pacifié. Oh oui, qu'il meure! (*Plus bas.*) Mais qu'il meure vite.

STEPAN

Je pars, Boria. Viens, Alexis. Orlov nous attend.

ANNENKOV

Oui, et ne tardez pas à revenir.

Stepan et Voinov vont vers la porte. Stepan regarde du côté de Dora.

STEPAN

Nous allons savoir. Veille sur elle.

Dora est à la fenêtre. Annenkov la regarde.

DORA

La mort! La potence! La mort encore! Ah!
Boria!

ANNENKOV

Oui, petite sœur. Mais il n'y a pas d'autre
solution.

DORA

Ne dis pas cela. Si la seule solution est la
mort, nous ne sommes pas sur la bonne voie.
La bonne voie est celle qui mène à la vie, au
soleil. On ne peut avoir froid sans cesse...

ANNENKOV

Celle-là mène aussi à la vie. A la vie des autres.
La Russie vivra, nos petits-enfants vivront. Souviens-toi de ce que disait Yanek : « La Russie sera
belle. »

DORA

Les autres, nos petits-enfants... Oui. Mais Yanek est en prison et la corde est froide. Il va
mourir. Il est mort peut-être déjà pour que les

autres vivent. Ah! Boria, et si les autres ne vi-
vaient pas? Et s'il mourait pour rien?

ANNENKOV

Tais-toi.

Silence.

DORA

Comme il fait froid. C'est le printemps pourtant. Il y a des arbres dans la cour de la prison,
je le sais. Il doit les voir.

ANNENKOV

Attends de savoir. Ne tremble pas ainsi.

DORA

J'ai si froid que j'ai l'impression d'être déjà
morte. (*Un temps.*) Tout cela nous vieillit si vite.
Plus jamais, nous ne serons des enfants, Boria.
Au premier meurtre, l'enfance s'enfuit. Je lance
la bombe et en une seconde, vois-tu, toute une vie
s'écoule. Oui, nous pouvons mourir désormais.
Nous avons fait le tour de l'homme.

ANNENKOV

Alors nous mourrons en luttant, comme font
les hommes.

DORA

Vous êtes allés trop vite. Vous n'êtes plus des
hommes.

ANNENKOV

Le malheur et la misère allaient vite aussi.
Il n'y a plus de place pour la patience et le mûris-
sement dans ce monde. La Russie est pressée.

DORA

Je sais. Nous avons pris sur nous le malheur
du monde. Lui aussi, l'avait pris. Quel courage!
Mais je me dis quelquefois que c'est un orgueil
qui sera châtié.

ANNENKOV

C'est un orgueil que nous payons de notre
vie. Personne ne peut aller plus loin. C'est un
orgueil auquel nous avons droit.

DORA

Sommes-nous sûrs que personne n'ira plus
loin? Parfois, quand j'écoute Stepan, j'ai peur.
D'autres viendront peut-être qui s'autoriseront
de nous pour tuer et qui ne paieront pas de leur
vie.

ANNENKOV

Ce serait lâche, Dora.

DORA

Qui sait? C'est peut-être cela la justice. Et
plus personne alors n'osera la regarder en face.

ANNENKOV

Dora!

Elle se tait.

ANNENKOV

Est-ce que tu doutes ? Je ne te reconnais pas.

DORA

J'ai froid. Je pense à lui qui doit refuser de trembler pour ne paraître pas avoir peur.

ANNENKOV

N'es-tu donc plus avec nous ?

DORA, *elle se jette sur lui.*

Oh Boria, je suis avec vous ! J'irai jusqu'au bout. Je hais la tyrannie et je sais que nous ne pouvons faire autrement. Mais c'est avec un cœur joyeux que j'ai choisi cela et c'est d'un cœur triste que je m'y maintiens. Voilà la différence. Nous sommes des prisonniers.

ANNENKOV

La Russie entière est en prison. Nous allons faire voler ses murs en éclats.

DORA

Donne-moi seulement la bombe à lancer et tu verras. J'avancerai au milieu de la fournaise

et mon pas sera pourtant égal. C'est facile, c'est
tellement plus facile de mourir de ses contra-
dictions que de les vivre. As-tu aimé, as-tu seulement aimé, Boria ?

ANNENKOV

J'ai aimé, mais il y a si longtemps que je ne
m'en souviens plus.

DORA

Combien de temps ?

ANNENKOV

Quatre ans.

DORA

Il y en a combien que tu diriges l'Organisation ?

ANNENKOV

Quatre ans. (*Un temps.*) Maintenant c'est l'Organisation que j'aime.

DORA, *marchant vers la fenêtre.*

Aimer, oui, mais être aimée !... Non, il faut
marcher. On voudrait s'arrêter. Marche ! Marche !
On voudrait tendre les bras et se laisser aller. Mais
la sale injustice colle à nous comme de la glu.
Marche ! Nous voilà condamnés à être plus grands
que nous-mêmes. Les êtres, les visages, voilà ce
qu'on voudrait aimer. L'amour plutôt que la

justice! Non, il faut marcher. Marche, Dora!
Marche, Yanek! (*Elle pleure.*) Mais pour lui, le
but approche.

ANNENKOV, *la prenant dans ses bras.*

Il sera gracié.

DORA, *le regardant.*

Tu sais bien que non. Tu sais bien qu'il ne le
faut pas.

Il détourne les yeux.

DORA

Il sort peut-être déjà dans la cour. Tout ce
monde soudain silencieux, dès qu'il apparaît.
Pourvu qu'il n'ait pas froid. Boria, sais-tu comme
l'on pend ?

ANNENKOV

Au bout d'une corde. Assez, Dora!

DORA, *aveuglément.*

Le bourreau saute sur les épaules. Le cou
craque. N'est-ce pas terrible ?

ANNENKOV

Oui. Dans un sens. Dans un autre sens, c'est
le bonheur.

DORA

Le bonheur ?

ANNENKOV

Sentir la main d'un homme avant de mourir.

> *Dora se jette dans un fauteuil.*
> *Silence.*

ANNENKOV

Dora, il faudra partir ensuite. Nous nous reposerons un peu.

DORA, *égarée.*

Partir ? Avec qui ?

ANNENKOV

Avec moi, Dora.

DORA, *elle le regarde.*

Partir ! (*Elle se détourne vers la fenêtre.*) Voici l'aube. Yanek est déjà mort, j'en suis sûre.

ANNENKOV

Je suis ton frère.

DORA

Oui, tu es mon frère, et vous êtes tous mes frères que j'aime. (*On entend la pluie. Le jour se lève. Dora parle à voix basse.*) Mais quel affreux goût a parfois la fraternité!

> *On frappe. Entrent Voinov et Stepan. Tous restent immobiles, Dora chancelle mais se reprend dans un effort visible.*

STEPAN, *à voix basse.*

Yanek n'a pas trahi.

ANNENKOV

Orlov a pu voir?

STEPAN

Oui.

DORA, *s'avançant fermement.*

Assieds-toi. Raconte.

STEPAN

A quoi bon?

DORA

Raconte tout. J'ai le droit de savoir. J'exige que tu racontes. Dans le détail.

STEPAN

Je ne saurai pas. Et puis, maintenant, il faut partir.

DORA

Non, tu parleras. Quand l'a-t-on prévenu?

STEPAN

A dix heures du soir.

DORA

Quand l'a-t-on pendu?

STEPAN

A deux heures du matin.

DORA

Et pendant quatre heures, il a attendu?

STEPAN

Oui, sans un mot. Et puis tout s'est précipité. Maintenant, c'est fini.

DORA

Quatre heures sans parler? Attends un peu. Comment était-il habillé? Avait-il sa pelisse?

STEPAN

Non. Il était tout en noir, sans pardessus. Et il avait un feutre noir.

DORA

Quel temps faisait-il?

STEPAN

La nuit noire. La neige était sale. Et puis la pluie l'a changée en une boue gluante.

DORA

Il tremblait ?

STEPAN

Non.

DORA

Orlov a-t-il rencontré son regard ?

STEPAN

Non.

DORA

Que regardait-il ?

STEPAN

Tout le monde, dit Orlov, sans rien voir.

DORA

Après, après ?

STEPAN

Laisse, Dora.

DORA

Non, je veux savoir. Sa mort du moins est à moi.

STEPAN

On lui a lu le jugement.

DORA

Que faisait-il pendant ce temps-là?

STEPAN

Rien. Une fois seulement, il a secoué sa jambe pour enlever un peu de boue qui tachait sa chaussure.

DORA, *la tête dans les mains.*

Un peu de boue!

ANNENKOV, *brusquement.*

Comment sais-tu cela?

Stepan se tait.

ANNENKOV

Tu as tout demandé à Orlov? Pourquoi?

STEPAN, *détournant les yeux.*

Il y avait quelque chose entre Yanek et moi.

ANNENKOV

Quoi donc ?

STEPAN

Je l'enviais.

DORA

Après, Stepan, après ?

STEPAN

Le père Florenski est venu lui présenter le crucifix. Il a refusé de l'embrasser. Et il a déclaré : « Je vous ai déjà dit que j'en ai fini avec la vie et que je suis en règle avec la mort. »

DORA

Comment était sa voix ?

STEPAN

La même exactement. Moins la fièvre et l'impatience que vous lui connaissez.

DORA

Avait-il l'air heureux ?

ANNENKOV

Tu es folle ?

DORA

Oui, oui, j'en suis sûre, il avait l'air heureux.
Car ce serait trop injuste qu'ayant refusé d'être
heureux dans la vie pour mieux se préparer au
sacrifice, il n'ait pas reçu le bonheur en même
temps que la mort. Il était heureux et il a marché
calmement à la potence, n'est-ce pas ?

STEPAN

Il a marché. On chantait sur le fleuve en
contrebas, avec un accordéon. Des chiens ont
aboyé à ce moment.

DORA

C'est alors qu'il est monté...

STEPAN

Il est monté. Il s'est enfoncé dans la nuit. On
a vu vaguement le linceul dont le bourreau l'a
recouvert tout entier.

DORA

Et puis, et puis...

STEPAN

Des bruits sourds.

DORA

Des bruits sourds. Yanek! Et ensuite...

Stepan se tait.

DORA, *avec violence.*

Ensuite, te dis-je. (*Stepan se tait.*) Parle, Alexis.
Ensuite ?

VOINOV

Un bruit terrible.

DORA

Aah. (*Elle se jette contre le mur.*)

*Stepan détourne la tête. Annenkov, sans
une expression, pleure. Dora se retourne,
elle les regarde, adossée au mur.*

DORA, *d'une voix changée, égarée.*

Ne pleurez pas. Non, non, ne pleurez pas!
Vous voyez bien que c'est le jour de la justification. Quelque chose s'élève à cette heure qui
est notre témoignage à nous autres révoltés :
Yanek n'est plus un meurtrier. Un bruit terrible! Il a suffi d'un bruit terrible et le voilà
retourné à la joie de l'enfance. Vous souvenez-
vous de son rire? Il riait sans raison parfois.
Comme il était jeune! Il doit rire maintenant.
Il doit rire, la face contre la terre!

Elle va vers Annenkov.

DORA

Boria, tu es mon frère ? Tu as dit que tu m'aide-
rais ?

ANNENKOV

Oui.

DORA

Alors, fais cela pour moi. Donne-moi la bombe.

Annenkov la regarde.

DORA

Oui, la prochaine fois. Je veux la lancer. Je
veux être la première à la lancer.

ANNENKOV

Tu sais bien que nous ne voulons pas de femmes
au premier rang.

DORA, *dans un cri.*

Suis-je une femme, maintenant ?

Ils la regardent. Silence.

VOINOV, *doucement.*

Accepte, Boria.

STEPAN

Oui, accepte.

ANNENKOV

C'était ton tour, Stepan.

STEPAN, *regardant Dora.*

Accepte. Elle me ressemble, maintenant.

DORA

Tu me la donneras, n'est-ce pas ? Je la lancerai.
Et plus tard, dans une nuit froide...

ANNENKOV

Oui, Dora.

DORA, *elle pleure.*

Yanek! Une nuit froide, et la même corde!
Tout sera plus facile maintenant.

RIDEAU

DU MÊME AUTEUR

Aux Éditions Gallimard

LE MYTHE DE SISYPHE, *essai.*

LE MALENTENDU suivi de CALIGULA, *théâtre.*

LETTRES À UN AMI ALLEMAND.

LA PESTE, *récit.*

L'ÉTAT DE SIÈGE, *théâtre.*

NOCES, *essai.*

LES JUSTES, *théâtre.*

ACTUELLES :

  I. CHRONIQUES 1944-1948
 II. CHRONIQUES 1948-1953
III. CHRONIQUE ALGÉRIENNE 1939-1958

L'HOMME RÉVOLTÉ, *essai.*

LA DÉVOTION À LA CROIX, adapté de Pedro Calderón de la Barca, *théâtre.*

LES ESPRITS, adapté de Pierre de Larivey, *théâtre.*

L'ÉTÉ, *essai.*

LA CHUTE, *récit.*

REQUIEM POUR UNE NONNE, adapté de William Faulkner, *théâtre.*

L'EXIL ET LE ROYAUME, *nouvelles.*

LE CHEVALIER D'OLMEDO, adapté de Lope de Vega, *théâtre.*

L'ENVERS ET L'ENDROIT, *essai.*

DISCOURS DE SUÈDE.

RÉCITS ET THÉÂTRE.

LES POSSÉDÉS, adapté de Dostoïevski, *théâtre.*

CARNETS :

I. Mai 1935-février 1942.
II. Janvier 1942-mars 1951.

THÉÂTRE, RÉCITS ET NOUVELLES.

ESSAIS.

LA MORT HEUREUSE, *roman.*

FRAGMENTS D'UN COMBAT, *articles.*

JOURNAUX DE VOYAGE.

CORRESPONDANCE AVEC JEAN GRENIER.

Impression Bussière à Saint-Amand (Cher),
le 1ᵉʳ août 1990.
Dépôt légal : août 1990.
1ᵉʳ dépôt légal dans la collection : novembre 1973.
Numéro d'imprimeur : 2349.

ISBN 2-07-036477-1./Imprimé en France.